妹に邪魔される人生は終わりにします

アレク
トールド王国の第二王子。
あまり表情には出ないが
実は世話焼き。
エリナ
モドゥルス公爵家の長女。
正義感が強く、頼りになる
性格の持ち主。
Characters

ココ
モドゥルス公爵家に勤める、
エリナ付きのメイド。
ピート
エリナとエイナの従兄。
現在は他国の公爵家で勉強中。
クズーズ
トールド王国の王太子。
自己肯定感が高く、わがまま。
エイナ
モドゥルス公爵家の次女。
良くも悪くもポジティブ。

第一章

私、エリナ・モドゥルスには二卵性双生児の妹、エイナがいる。

エイナはお母様似の色白の美人で、幼い頃から両親にだけでなく、周りの多くの人間から愛されていた。さらに、お母様譲りの金色のふわふわの髪に、碧《あお》い瞳。彼女が笑うだけで、周りが華やいだ雰囲気になった。

一方の私は、色白なところはお母様に似たけれど、顔は美形だと言われるお父様似。お父様譲りの黒色の髪に、角度によって青っぽく見える黒色の瞳。少女時代は特に感情表現が乏しかった。

笑うエイナと、子供なのに、にこりともしない私は、子供の頃から、天使と悪魔と陰で言われていた。

エイナは勉強も運動も苦手。私はどちらも得意だっただけに、周りの人間は、余計に私に可愛げがないと思ったようだ。

なぜ、私がそんなことを言われていると知っているかって？

だって、廊下で大きな声で話をしているんだもの。

子供だから聞いてもわからないと思ったのかもしれない。

メイドたちが私を馬鹿にしていることは、彼女たちの立ち話を聞いただけですぐにわかった。

けれど、全く気にしなかった。

年を経ると同級生からエイナと比べられ、遠回しに嫌味を言われるようになったが、やがては攻撃されることが少なくなった。

周りの子供たちも私が公爵令嬢であり、公爵令嬢という立場がどんなものかに気づき始めたのだろう。

どちらにせよ無愛想だとか、表情が怖いなど、そういった外見のことに関しては、今も言われ続けているだろうけれど、笑顔を見せる人には本当の笑顔を見せるし、面白くもないことで本当の笑顔が出るはずもないので、特に気にしていなかった。

こんな状態で育った私の性格がひねくれなかったのは、両親がエイナだけ可愛がるのではなく、私のことも同じように愛してくれたから。

周りからエイナだけ可愛いと言われることが両親は気に入らなかったようで、「周りの奴らは見る目がない。エリナだって可愛いじゃないか」と、よく怒ってくれた。

妹のエイナも私に甘えてきたり、私がどこかへ出かけようとすると、必ずついてきたりしていたから、姉妹で仲良くやっていると——思っていた。


十八歳になり、婚約者との結婚を控えたある日。私は王家主催のパーティーに出席していた。

私の婚約者は、私が住んでいる国、トールド王国の王太子で、私より三歳年上のクズーズ殿下。

妹のエイナの婚約者は、王太子殿下の弟である第二王子のアレク殿下。

私たち姉妹がそろって王家に嫁ぐことに、他の貴族からの反発の声が出なかったのは、トールド王国の王族は公爵家の令嬢以外との結婚が許されておらず、ちょうど現時点で他の公爵家に適齢期の令嬢がいなかったから。

私が姉だから王太子殿下と結婚することになっただけで、別に彼との結婚を望んでいたわけではない。

クズーズ殿下とアレク殿下は、年齢は二つ違いだけれど、彼らも見た目のせいで「天使と悪魔」と陰で揶揄《やゆ》されていた。

クズーズ殿下は金色のストレートの髪に紺碧《こんぺき》の瞳で、笑顔がとても爽やかなので天使。対して、第二王子のアレク殿下は黒色のストレートの髪に赤い瞳で、どこか冷たい雰囲気を醸し出しているから悪魔——なんだそう。

パーティーの終了時間になり、クズーズ殿下に挨拶して帰ろうと、パーティー会場内を捜したが、どこにも姿が見えない。

クズーズ殿下の側近に聞いてみると、休憩室にいらっしゃるらしい。

一緒に帰るはずのエイナの姿も見えないので、一緒に来ていたお父様たちに一言告げて、エイナも捜しつつ休憩室に向かうことにした。

休憩室はパーティー会場に隣接する二階建ての別棟の中にある。別棟の中にはたくさんの個室があり、その一つ一つが休憩室だ。

本来ならこの時点で、今日の主役が同じく主役であるパートナーに、何も言わずに休憩室に行っていることを怪しむべきだった。

だけど、彼に限ってやましいことはないだろうと思っていた。

別棟に入り、エントランスにいた使用人にクズーズ殿下の行方を尋ねると、彼は二階の部屋にいると教えてくれ、さらにエイナも二階の別部屋にいると教えてくれた。

——どうして、エイナも休憩室にいるのかしら？

そんなことを思いながら、柔らかな黒のカーペットが敷かれた階段をのぼり、赤いカーペットが敷かれた廊下を進む。そこで、エイナの専属メイドが廊下に立っているのが目に入った。

この部屋にエイナがいるのかしら……と思ったと同時に、嫌な予感がした。

なぜなら、専属メイドの横に王家の騎士も一緒に立っていたから。

「どうしてこんな所にいるの？」

黒のメイド服に身を包んだ神経質そうな顔立ちのメイド——クララに声を掛けると、彼女は目を細め、口をゆっくりと開けた。けれど突然、思い立ったかのように何も言わずに口を閉じると、彼女は部屋の扉を静かに開けた。

「何をしているんですか！」

騎士が叫ぶが、クララはセミロングの金色の髪を揺らし、口元に自分の人指し指を当てた。

「ご自身で、見て、聞いていただければ、よくわかります」

言っている意味がよくわからなかったけれど、彼女の言われた通りにしないといけないような気がして、私は部屋の前で立ち止まる。すると、中から声が聞こえてきた。

「クズーズ殿下、以前からお慕いしておりました。あなたを愛しています」

「どうしたんだ、いきなり？」

「殿下の口からもお聞きしたくて……」

「僕もだよ、エイナ。君が婚約者だったらと、何度思ったことか」

エイナとクズーズ殿下はだいぶ前からここにいるはずなのに、まるで私に聞かせたかったかのようなタイミングで、気分の悪くなる会話を続ける。

「クズーズ殿下、一度だけでいいんです。私を抱いてくれませんか？」

「駄目だよエイナ、それはできない。僕は国王になるんだ。婚約者を裏切って、そんなことは——」

クズーズ殿下の言葉は、どうやら、エイナの口によってふさがれたようだった。

「何をするんだ！」

「お願いです、殿下！　抱いてください！　私は、ずっとエリナにいじめられていたんです！」

——いじめられていた？

「……どういうことだ？」

「エリナは私がクズーズ殿下のことをお慕いしているのを知って、わざとクズーズ殿下との婚約を決めたのです！」

「そんなわけ」

ない、と私が言おうとしたところで、クララの手が口をふさぐ。

「何をするの⁉」

クララの手を振り払って叫ぶと、彼女は憎しみのこもった目で私を見つめた。

「大人しく、エイナ様の幸せを願ったらどうなんですか！　この外道《げどう》！」

「外道《げどう》⁉　どうしてあなたにそんなことを言われないといけないのよ⁉　私はエイナをいじめてなんかいない！　私の名誉を傷つけるようなことを言われて、黙ってなんていられないわ！」

「うるさい！　どれだけあなたはエイナ様を苦しめたら気が済むんですか！」

「うるさいのは、あなただわ！　このことはお父様に報告させてもらうから！　あなたはクビよ！」

たとえ、私の専属メイドでなくても、雇い主の娘に、こんな口の利き方をするメイドは酷すぎる。

お父様のことだから、クビだけでは済まず、もっと厳しく処罰されるかもしれないけれど、知ったことではない。

さっきの会話は婚約破棄できる案件だわ。

そのことを伝えるために、会場にいるお父様たちのもとへと急ごうと踵《きびす》を返す。

「待って、エリナ！」

「待ってくれ、エリナ、誤解なんだ！」

背後からエイナとクズーズ殿下の声が聞こえるが、何が誤解なのかわからないので、振り向きもせず階段を駆け下りる。

途中の踊り場まで来た時、エントランスにアレク殿下の姿が見えた。

彼の前髪はわざと顔を隠しているかのように長い。そんな彼が私の視線に気がついたのか、顔を上げて前髪をかきあげた直後、目を見開いて叫んだ。

「エリナ嬢！　後ろ‼」

声に驚いて振り返ると、すぐ後ろにクララが立っていた。無機質な目で私を見ていたかと思うと、次の瞬間、私の背中を押した。

階段から落ちる間は、まるでスローモーションのようだった。

十五段ほどの階段を転げ落ちる。動きが止まると少しだけ意識がはっきりし、まず感じたのが全身の痛みだった。

「エリナ嬢！　しっかりしろ！」

アレク殿下が私の傍に屈《かが》んで見下ろしながら叫んだ後、顔を上げて誰かに向かって叫ぶ。

「医者を呼べ！」

意識が薄れてきた。目を開けていたいのに勝手に閉じていく。

――私、このまま死んでしまうの？

「エリナ嬢！」

アレク殿下とは、あまりお話ししたことはなかったけど、心配してくれているのか、表情がとても辛そうだった。その時、彼の向こうから、私を見下ろすエイナの表情が見えた。

その表情を見て驚き、そして怒りを覚えた。

エイナは、目が閉じていく私を見て、笑みを噛み殺すような表情を浮かべていたから。

＊＊＊

人が話をしている声が聞こえる。目を開けたいけれど、まぶたが重くて上がらない。

「エイナ様……この悪魔が目を覚ましてしまったら、私はどうなるのでしょうか……」

「心配しないで、クララ。私が守ってあげる。だって、あなたは私を守ろうとしてくれたんでしょう？」

「はい……こんなにお優しいエイナ様に嫌がらせをするような罰当たりの女は死ぬべきだと思ったんです」

「しっ！　クララ、そんなことを言ってはいけないわ。だけど、私を思ってくれる気持ちは嬉しいわ。クズーズ殿下もあなたの仕業《しわざ》じゃないと言ってくださるそうよ。たとえ、エリナとアレク殿下があなたの仕業《しわざ》だと言っても」

「悪魔同士の組み合わせでは、誰も信じないということですね？」

話をしているのは、エイナとクララのようだった。

好き勝手言ってくれている。

「優しいクララ。エリナたちがなんと言おうと私に任せて。もしエリナが、あなたのせいだと言ったとしても――」

その時、扉が開く音がした。それと同時に私の意識は途切れた。

＊＊＊

「お願いです、神様。どうか、エリナの意識を戻してください……。お願いします、お願いします」

神様に祈る声が耳に届いた。ゆっくりと目を開けると、部屋の天井が見えた。

首を動かすと今度は誰かの泣き顔が見えたが、それがエイナと似ていたため、一瞬ドキッとする。

けれど、その人物がお母様だとわかってホッとした。

お母様は私と目が合うと、目を見開き、大粒の涙をシーツの上に落とした。

「ああ！　エリナ！　目を覚ましてくれたのね！　良かった、エリナ！」

「……お母、様」

「本当に良かった！　ねえ、ティドを呼んできてちょうだい！　それからお医者様も！　エリナが目を覚ましたわ！」

お母様が誰かに向かって指示をする。

「承知しました！」

私の侍女の声が聞こえ、すぐに走っていく足音がする。お母様は私のほうに顔を向け、手を握って優しく問いかけてきた。

「何があったか覚えてる？　ああ、それよりも、どこか痛いところはない？」

「……わからないです」

正直、あちこち痛いけれど、その箇所を伝えるにも多すぎて億劫《おっくう》だった。

意識がはっきりしてきたのでわかったけれど、どうやら私は自分の部屋のベッドに寝かされているようだった。首を少し動かすと、見慣れた家具が目に入ったので間違いない。

服も、パーティーの時に着ていたドレスから、白のネグリジェに着替えていた。

「エリナ！」

「エリナ、大丈夫なの⁉」

お父様の声とエイナの声が聞こえた。

エイナの顔は見たくなかったけれど、それよりも彼女がどんな反応をするのかのほうが気になった。

顔だけ動かすと、ベッド脇に駆け寄ってきたお父様は私の手を握り、今にも泣き出しそうな顔になった。

こんなお父様を見るのは初めてだわ。とても、心配をかけてしまったみたい。

「お父様、心配させてしまってごめんなさい。私、どれくらい意識を失っていたのでしょう？」

体を起こそうとしたけど、頭がズキリと痛んだので、すぐに頭を枕に預け、顔だけお父様に向けた。

「無理に動かなくていい」

お父様は握ってくれていた私の手を離し、頬を優しく撫でてくれる。

「ありがとうございます」

右手で痛む後頭部を触ると、包帯が巻かれていた。

あの高さから転げ落ちたんだから、頭を打っていてもおかしくはないわ。逆にこの程度で済んで、運が良かったのかもしれない。

「まさかエリナ。あなた、昨日の記憶がないというの？」

「昨日……？　私、どうしてこんなことになっているのか、わからなくて」

実際ははっきりと覚えているけれど、お母様の言葉に甘えて、今は記憶がないふりをすることにした。

「あなたはパーティーのあった昨日、別棟の階段から落ちたの」

「階段から落ちた……？」

「ええ。そしてアレク殿下が、クララがあなたの背中を押して階段から突き落としたと言っているの。けれど、クララもエイナも、その場に居合わせたクズーズ殿下も、クララはそんなことはしていないし、あなたが躓《つまず》いて階段から落ちたと言っていて……」

お母様は頬に手を当てて小さく息を吐いてから続ける。

「アレク殿下の言葉も気になるけれど、エイナたちがそんな嘘をつく必要はないでしょう？」

逆にアレク殿下がそんな嘘をつく理由はあるのでしょうか？

そう、お母様に聞きたくなったけれど、やめておく。

アレク殿下は人嫌いで変人だと噂されているし、一部の貴族からの評判が良くない。だから、お母様がクズーズ殿下やエイナの言葉を信じたくなってしまう気持ちはわかる。

「お父様、お母様。申し訳ございません。どうしても、パーティーの日に何があったのか思い出せなくて……。ところで、アレク殿下のおっしゃっていることについては調べていただけたのでしょうか？」

「アレク殿下が言われた件に関しては、国王陛下から調べるなと言われているの。エイナやクズーズ殿下の言葉を疑うのかと怒られてしまって……」

お母様は申し訳なさそうに眉尻を下げて、私の頬に触れる。

「そんなことより、お腹は減ってない？　もう丸一日は眠っていたのだから、喉も渇いたんじゃない？　胃に優しい食べ物を用意してもらわなくちゃ」

お母様は、後ろに立っていた私の専属メイドのココに声を掛ける。

「スープを用意させてちょうだい」

「かしこまりました！」

姿は見えないけれど、聞き慣れたココの声が聞こえて、少しだけホッとした。

「エリナ、本当に何も覚えていないの？」

ココが部屋を出ていくと、エイナが問いかけてきた。

「ええ。もしかすると、頭に強いショックを受けて忘れてしまったのかもしれないわ。エイナ、あなたは私と一緒にいたらしいのだけど、何か覚えていない？」

弱々しい声を出してエイナに尋ねると、彼女は今にも泣き出しそうな顔をして首を横に振った。

「ずっと一緒にいたわ！　別棟に行ったのも、あなたが休憩室にいる殿下に会いたいと言ったからよ。そんなことより、本当に心配したのよ！」

エイナがポロポロと涙をこぼす。

今までは、この演技に騙されてきた。だけどもう、騙されない。

私がエイナをいじめていたとクズーズ殿下に嘘をついたり、階段から落ちて意識を失いかける私を見て笑うような妹を、今更、信じる気持ちにはなれない。

きっとエイナは、彼女に心酔している人に私の悪口を言いふらしているんでしょうね。

さらに、それを言ったことがバレたら私がもっと意地悪をするから、私に何か言うのはやめてほしいとでもお願いしたんでしょう。

このまま何もなかった、で済ますわけにはいかないわ。だけど、今エイナの化けの皮を剥がすのは難しそう。

だって、確実に十年以上、彼女は皆を騙し続けてきたんだから。

天使のエイナが、つかなくていい嘘をついて私の婚約者と二人きりで会っていたなんて、エイナたちが認めない限り、ほとんどの人間が信じない。

本当は私だってお父様とお母様に相談したいけど、二人は自分の目で見ないと信じないはず。

密かに調べてくれていたら助かるけれど、それに気づかれたら、命令に背いたことになるから、お父様の立場が危なくなる。

私が今エイナたちを訴えても、信じてもらえない、もしくは調べてもらっている最中に、事故死を装って殺されるか、エイナを持ち上げる男性たち――親衛隊に何をされるかわからない。

今までの私に対する親衛隊の無礼な態度はエイナが代わりに謝っていたから許していたけど、今考えると私も悪かったわ。許さないと、はっきり言うべきだった。

「エリナ、どうかした？」

「ううん。心配かけてごめんね」

「気にしないで」

エイナは、一瞬だけホッとしたような表情を見せた後、可愛らしい笑みを浮かべた。

今まで気づかなかったことが、少しずつ気になり始めている。仲の良い姉妹だと思っていたのは、私だけだった。

それに、このままではあんな人と結婚しなくてはいけなくなる。

早いうちに、クズーズ殿下と婚約解消しないといけないわ。

婚約者の私を信用せず、エイナに騙されている男性なんて、私はいらない。

＊＊＊

目覚めてから、二日後。

全身にダメージを負っていた私は、目覚めたからといってすぐに動き回ることはできなかった。

階段から落ちた際に左腕を打撲してしまい、あまり腕を動かさないようにと固定されているせいで寝返りも打てない。幸い、利き手は無事で、足も骨折とまではいかなかったので、今は痛み止めを飲んで安静にして過ごしている。

ある程度落ち着いてから、専属メイドのココから詳しい話を聞いた。

アレク殿下は、お父様とお母様のもとにやってきて、クララが私を階段から突き落としたと証言してくださった。ところがエイナとクズーズ殿下が、クララは何もしていない、と証言し、さらにクズーズ殿下はアレク殿下を責めたのだという。

その時アレク殿下は「こちらの好きなようにさせてもらう」という発言を残して、この屋敷を立ち去ったとのことだった。

クズーズ殿下がクララの肩を持ったのは、自分がエイナとの逢瀬《おうせ》を楽しんでいたことを知られたくなかったからでしょうね。自分の罪を隠すために犯罪者をかばうなんて、最低な人だわ。きっと、このまま私の意識が戻らないことを祈っていたでしょうし、私の記憶がないと知って、ホッとしたことでしょう。

ちなみに、なぜメイドのココがこんなに詳しいかというと、私とココの仲が良いことを知っているお母様が、こっそり教えてくれたのだそう。

紺色の長い髪をシニヨンにした可愛らしい顔立ちのココは、エイナのことが苦手で、数少ない私だけの味方。

そんなことを考えていると、ココではないメイドがお見舞いのお客様が来られたと教えてくれた。

入室の許可をすると、部屋の中に入ってきたのはクズーズ殿下だった。

彼は私の体調を気遣う素振りなど一切見せず、ベッドの横に置かれている椅子に断りもなく座ると、足を組んでから口を開いた。

「罰が当たったのかもしれないな」

「……何がでしょうか？」

「君が階段から落ちたことだよ」

メイドには見舞いに来たと言ったそうだけれど、こんなに威圧的な態度を取るんだもの、見舞いだなんて絶対に嘘よね？

「罰が当たったという意味がわかりません。私は階段から落ちる前に、何か悪いことをしていたのですか？」

怪我をして寝込んでいる人間に、酷いことを言うものだと思ったけれど、彼が何を言いたいのか聞きたいがために質問してみた。

すると、クズーズ殿下は金色の髪を揺らし、鼻筋の通った凛々しい顔を歪めた。

「今までのことを言っているんだ。エイナには黙っていてほしいと言われたけど、エイナばかりが他の人に可愛がられて、君は嫉妬《しっと》していたんだろう？」

「……そんなことは絶対にありません……と答えたら、信じていただけるんですか？」

「……わからない。僕は君のことを、よく知らないから」

「では、殿下はエイナのことは、よくご存知なのですか？　大体、先ほどの話はいつお聞きになったのですか？　もしかして、私の知らないところで二人はお会いになっていたのですか？」

パーティーの時の記憶はない設定になっているから、彼らがいつ話をしていたかなんて知るわけがない。とはいえ、あの親密な様子だと、今までも何回か会っていた可能性が高い。

そう思って聞いてみると、クズーズ殿下は眉間に皺《しわ》を寄せて叫ぶ。

「そんなことはどうでもいいだろう！　君はエイナに嫉妬《しっと》していたんだろう？　違うのか⁉　答えろ！」

「嫉妬《しっと》なんてしていません。仮にそうだったとしても、何か問題があるのでしょうか？　嫉妬《しっと》するくらい、誰にでもあることでしょう」

聞き返すと、クズーズ殿下は眉間の皺《しわ》を深くして答える。

「それを理由に彼女をいじめていたんだろう？　酷いことをするものだ。彼女の美しさを真似《まね》ようと思っても真似《まね》できるわけがないんだ。君には君の良いところがあるんだから、そこを磨くべきだ」

この人、遠回しに人の外見を馬鹿にしてきたわ。まあ、今はそんなことを気にしている場合ではないわね。

「ところでクズーズ殿下、私がエイナにしたといういじめとは、具体的にどんなことでしょうか？」

「それは、彼女の欲しいものを無理やり手に入れたり」

「それだけではわかりませんわ。たとえば、どんなものです？」

「ドレスだよ！　先日着ていたドレスは彼女が欲しがっていたものなんだろう？　それを君が奪ったとエイナは言っていた！」

この人はちゃんと調べもせずに、何を言ってるのかしら。

「あのドレスは、私とデザイナーが一緒に考えた、オーダーメイドのドレスですが？」

「は？」

「もう一度申し上げます。あのドレスは、私が希望するデザインを簡単にイラストにして、それをデザイナーが今どきの流行《はや》りのデザインにしてくれたもので、既製品ではございません。疑われるようでしたら、デザイナーの名前をお伝えしましょう。確認してくださいませ。何より、クズーズ殿下」

「ど、どうした？」

私は焦った様子のクズーズ殿下に厳しい目を向ける。

「公爵令嬢が既製品を買うと思っていらっしゃるのですか？」

この国の伯爵以上の貴族のドレスは、自分のサイズに合わせてあつらえるのが一般的で、既製品のドレスを着るのは子爵以下の貴族が多い。

公爵令嬢の私にそんな話をするのは、失礼な話だった。

「そういうわけじゃない！　な、なら、エイナが考えたデザインを君が盗んだんだろう!?　だから、エイナは悲しんでるんじゃ？」

「クズーズ殿下……、殿下は私をそのような女性だと思っておられたのですね……」

「あ、いや、それはっ。エイナがっ！」

私が睨むと、クズーズ殿下は視線を宙に彷徨《さまよ》わせた。

エイナ、エイナと名前を連呼しているが、まだ私と彼は婚約しているのだから、たとえ相手が婚約者の妹とはいえ、良くないのだけれど、そんなことにも気づかない。

どうして私はもっと早くに、この人のおかしさに気づけなかったのかしら？

「クズーズ殿下。先ほどからあなたは、エイナの話ばかりされておられますわね？　もしかしてあなたが愛していらっしゃるのは、エイナなのですか？」

「ど、どうして、そんなことを言うんだ⁉」

「私の見舞いに来てくださっているのに、あなたは私の体調の心配はなさらず、エイナの話ばかりしておられるじゃないですか」

「君の話もしているだろう！　もちろん、君の体調も心配している！」

体調も心配している？　見舞いに来ているのに、そちらがついでなのはおかしいでしょう……。

私は小さく息を吐いてから、クズーズ殿下を見上げた。

「クズーズ殿下、よろしければ、婚約者を交換しませんか？」

私の提案を聞いた、クズーズ殿下の紺碧《こんぺき》の瞳が揺れた。

「……どういうつもりだ？」

「もちろん、私たちだけで勝手に決めるわけにはいきません。ですのでまずは、クズーズ殿下、アレク殿下、エイナ、そして私の四人で、話し合いをしませんか？　そして問題ないという結論に至りましたら、クズーズ殿下の婚約者をエイナに、アレク殿下の婚約者を私に替えるのです」

私の話を聞くクズーズ殿下は、困惑の表情を浮かべるだけで答えは返してくれない。

「お父様たちには話をしておきますので、クズーズ殿下も陛下に今の話をお伝えいただけないでしょうか」

「べ、別に僕は、そこまでのことは求めていない！」

「そうでしょうか?」

冷めた目を向けると、クズーズ殿下は立ち上がってベッドの上に手を置き身を屈《かが》め、私に顔を近づけて口を開いた。

「そうだ。僕は君と結婚したいと思っている。君は少し混乱しているようだから、今日はもう帰ることにするよ」

「クズーズ殿下。本日はお見舞いに来ていただき、ありがとうございました」

「また来るよ」

部屋から出ていこうとする殿下の背中に向かって声を掛ける。

「先ほどの話の件ですが、私は本気です。交換が無理であったとしても、殿下からの婚約の破棄、または解消をお願いいたします。それが駄目なようでしたら、こちらから婚約破棄させていただきます。その後は、ご自分でエイナと婚約できるようにしてくださいませ。エイナはアレク殿下よりも、クズーズ殿下と仲が良いようですし、きっと喜ぶでしょう」

私の言葉を聞いて振り返ったクズーズ殿下は、なぜかとても辛そうな顔をしたけれど、何も言わずに部屋を出ていった。

＊＊＊

エリナの部屋を出ると、部屋の外で待っていた僕の側近が話しかけてきた。

三人いる側近の一人で、僕はこの長身痩躯《そうく》で眼鏡をかけた口うるさい男が苦手だった。

あんな嫌な話をされた後だから余計に見たくなかった。

「冴えない顔をされていますね。エリナ様の具合が良くないのですか？」

「いや」

そこで僕は、自分がエリナに怪我の具合はどうかと一度も聞かなかったと思い至った。

まあ、元気そうだったからいいだろう。それよりも、エリナがあんなことを言い出すだなんて。

「僕との婚約を解消したいとか何だとか言われたんだ。驚いてしまって、詳しいことは何も聞けていない」

「婚約を解消？　どういうことですか？」

ちょうどそう側近に尋ねられた時だった。

「クズーズ殿下っ！」

エリナの隣の部屋の扉が開き、エイナが顔を出した。彼女は大きな目をこちらに向けて僕の名を呼ぶ。

「エイナ！」

「殿下、いい加減になさってください。あなたはエリナ様の婚約者であって、エイナ様の婚約者ではありません」

頬を緩ませた僕を見て、側近は呆れた顔で言った。慌てて僕は首を横に振る。

「わかっている。少し話をするだけだ」

「次の予定があるのですが？」

「少しだけ待ってくれ」

側近は納得していない顔だけど、さすがに僕の邪魔をしようとはしなかった。

「クズーズ殿下、エリナの様子はどうでしたか？」

エイナは部屋から出てくると駆け寄ってきた。側近が厳しい視線を向けていることに気づき、僕は彼女の体を離してから答える。

「エリナはかなり混乱しているようだった。君と僕の仲を疑っていて……」

「大変！　私、またエリナにいじめられてしまうかもしれません！」

「……エイナ、君は本当にいじめられているのか？」

先ほどのエリナとの会話が引っかかって思わずそう尋ねると、エイナは目を潤ませて僕を見上げた。

「……どうして、そんなことをおっしゃるんです？　もしかしてクズーズ殿下は、私がエリナにいじめられているという話を、本人にしてしまったんですか!?」

「あ、いや……」

「どうしたらいいの！　あとで呼び出されて怒られるに決まっています！　怖い、怖いです殿下！」

泣きながら僕にしがみついてこようとしたエイナを、側近が止めた。

「エイナ様、軽率な行動はお控えください。殿下の婚約者はエリナ様です。そしてエイナ様。あなたの婚約者はアレク殿下です。それをお忘れなきようにお願いいたします」

「そんな！　私はアレク殿下に嫌われているのです。二人きりで話をしても会話は弾みませんし……」

「申し訳ございませんが、それはクズーズ殿下に必要以上に近づいても良い理由にはなりません」

側近は冷静な口調で答えると、かけていた眼鏡を押し上げ、細い目をより細くして僕を見る。

「殿下、もう戻らなければなりません。先ほどもお伝えしましたが、予定が詰まっております」

「そ、そうだな。すまない、エイナ。話の続きはまたの機会に」

「はい！　連絡をお待ちしていますね！」

エイナは花開くような笑みを浮かべて頷いた。

エリナはああ言っていたが、こんなに素直で可愛らしいエイナが嘘をつくわけがない。

本当のところ、エイナのメイドが階段からエリナを突き落としたのかどうかは見ていない。でも、エイナが違うと言うのならそうなんだろう。

なら、アレクはなぜ、あんな嘘を？

もしかして、アレクはエリナが好きなのか？　だから、僕を陥れて、自分のものにしようとしている？

僕はアレクに対しての劣等感がある。もしやアレクに抱いている気持ちと、エリナがエイナに抱いている気持ちは同じなのかもしれない。

僕はアレクと関わらないようにすれば良いだけだが、エリナたちは双子だから、そういうわけにはいかないのだろう。エリナは比べられて悔しくて、エイナをいじめてしまったんだろうな。

気持ちはわからないでもない。

僕だって、アレクを見るだけで腹が立つ時がある。

だけど、いじめはいけない。

僕は王になるし、エリナは王妃になる。

今のうちにいじめは悪いことだと言い聞かせないといけない。

帰りの馬車の中でそんなことを考えていると、向かいに座る側近から冷たい声が掛かった。

「殿下、エイナ様とお会いすることは、今後はお控えください。何度も言いますが、あなたの婚約者はエリナ様です。いつまでも周りを騙し続けられるとお思いですか？」

「ど、どういう意味だ？」

「殿下は今まで夜会に出席した際、何度か姿を消されているそうですね。しかも、エイナ様が出席している夜会の時に限って。先日のパーティーもその日の担当に確認したところ、呑みすぎてしまったので別棟で休憩すると言われたそうですね」

「たまたまだ。僕にだって呑みすぎる時はある」

「それなら、城に戻ってゆっくりされればいいのでは？」

他の側近なら、僕に気を遣ってこんな発言はしない。

――だから、この男が苦手なんだ。

本当は辞めさせたいところではあるけど、彼はエリナたちとは別の家の公爵令息のため、よっぽどの理由でない限り、辞めさせることはできないのだ。

「別に、お前にどうこう言われる筋合いはない」

「そうですか」

側近はこれみよがしに大きく息を吐いてから続ける。

「殿下は、私が辞めることをご希望のようですね？」

「どうしてそれを⁉」

「陛下から何度か聞き取りをされましてね。私が殿下のためにと思ってやっていたことが大きなお世話だったようで、申し訳ございませんでした」

側近は一度言葉を切り、冷たい笑みを浮かべて僕を見つめる。

「もう私に口うるさく言われることはありませんので、ご安心ください。私は自分を必要としてくださる人のもとへ移ることにいたします」

「何だって⁉」

「最後にお聞きしておきたいのですが、エイナ様のメイドがエレナ様を階段から突き落としたのを見たとアレク殿下が証言されているのを、クズーズ殿下は否定なさったそうですね？　あの時、殿下が別棟にいらっしゃったことは良しとしましょう。ただ、呑みすぎて休んでおられたのに、どうして、エイナ様たちと一緒におられたのです？」

「べ、別に、エイナと一緒にいたわけでは！」

焦る僕を、側近はさらに冷たい目で見据えたかと思うと、すぐに笑顔になった。

「陛下より、私にアレク殿下の側近になってほしいとのご依頼がありましたので、お受けすることにいたしました。明日から、私はアレク殿下の側近になります。今まで、ありがとうございました」

「そ、そうか。それは残念だ」

――やったぞ。これで、僕は自由だ。

そうだ、邪魔者がいなくなったのだし、エリナと結婚するまでは、可哀想なエイナを慰めてあげよう。エイナは優しすぎるから王妃には向かない。

それに、エリナにだって可愛いところはある。エリナが僕好みの女性になるのが楽しみだ。どうせ婚約の破棄なんて嘘に決まってる。

「クズーズ殿下、今までのように上手くいくとは限りませんよ」

まるで、僕の心の声を見透かしたかのように、側近の口から意味深な言葉が発せられたと同時に、馬車が停まり、御者《ぎょしゃ》が扉を開けてくれた。

＊＊＊

クズーズ殿下が帰られた後、殿下が持ってきてくれたという花を花瓶に生けてココが部屋に入ってきた。

正直、あの人が持ってきたものなんて見るのも嫌なんだけど、花に罪はないし、視界に入りにくい位置に飾ってもらうことにする。

先ほどの反応を見るに、クズーズ殿下は私との婚約を解消したくなさそうだった。

小さい頃は彼と仲が良かった気もするけど、物心がついてからは、彼は私の外見を馬鹿にしていたし、私とエイナのことを悪魔と天使のようだと言っていたと記憶している。

「ココ、申し訳ないんだけれど、アレク殿下にお会いしたいのよ。手紙を書いてもらえない？」

「……アレク殿下にですか？」

「ええ。私が階段から落ちた時に、クララが押したのを見たと言っておられたんでしょう？　ご迷惑をおかけしたお詫びもあるけれど、ぜひ、そのことについて聞いてみたいの」

「かしこまりました。代筆させていただきます」

「ありがとう。ところでココ。仏頂面《ぶっちょうづら》で仕事をしていた侍女やメイドたちの姿が見えないけど、エイナの世話にでも変わったの？」

「いいえ。そういうわけではございません」

ココは便箋《びんせん》を用意しながら、苦笑して首を横に振った。

「きっと旦那様も色々と考えていらっしゃるのだと思います。記憶がなくなってしまうほどの衝撃を受けたのですから、エリナ様は今は何も考えずに療養なさってください」

そう言われてしまうと心苦しくなり、エイナと関わりのないココには話しておくことに決めた。

「実は私、自分が階段から落ちた時のことを覚えているの。アレク殿下がおっしゃるようにクララに押されたってことも覚えているわ」

「そんな！　では、エイナ様たちが嘘を!?」

私の話を聞いてココは驚き、ベッド脇までやってくると小声で尋ねてくる。

「どうしてエリナ様は忘れたふりをされているのです？　覚えていらっしゃるなら、クララをクビにしてしまえば良いと思うのですが」

「それは難しいと思ったの」

「……どういうことでしょうか？　公爵令嬢を階段から突き落としたとなると、彼女はメイドとして働ける場所はなくなると思います。いえ、もっと重い罪になってもおかしくないと思います！」

ココが訴えかけてきたので、苦笑して答える。

「エイナは私が陰で彼女をいじめていると、一部の人間に言っているみたい。だから私がクララから押されたと言っても、その一部の人たちは私を嘘つきと言うと思うわ」

「……アレク殿下は実際にそうなりましたものね」

そう言い、ココは両手を胸の前で組んだ。

「実は、かなり前なのですが、クララからエリナ様のことで気になることを言われていたんです。絶対に嘘だと思ってそれを否定しましたら、クララは怒って口を利いてくれなくなりました。私にしてみれば、特に関係を修復しなければいけない相手でもなかったので放っておいたんですが、本来ならエリナ様に相談すべきでした。申し訳ございません」

ココは組み合わせていた手をほどき、深々と頭を下げてくれた。

「いいのよ。その時の私ならエイナのことを信じていたし、ココに相談してもらっても、それが真実だなんて思わなかったと思うわ。自分の目で見るか耳で聞かないと駄目なのに、思い込んでしまっているいると思うから」

「エリナ様……」

暗い表情をしていたからか、ココが心配そうな顔でこちらを見たので、笑顔を見せる。

「大丈夫よ。エイナが私のことを嫌っているのは確かで、クララもそう。クララをクビにしてしまうのは簡単かもしれないけど、私のことを何も知らないくせに悪意だけぶつけてきたクララは許せない。あんなこと、人にやってはいけないわ。だけど、彼女を裁くことは、私の今の評判では無理だわ」

冷めている性格ということもあり、人からの評価を気にしないようにしすぎたせいで、私とエイナの証言なら大体の人間はエイナを信じる。

だから、クララをクビにはできても、裁くことはできない。

「決定的な証拠を掴むしかないけれど、難しいでしょうね」

「それはそうかもしれませんが、できれば不安要素は取り除いておくべきだと思います！　……ああ、でも、その方法がないのですよね」

「そうなの。私の言葉だけでは信用してもらえないのよ」

「あの、エリナ様。どうして記憶があると駄目なんでしょうか？　どうせ信じてもらえないのであれば、記憶喪失のふりをしなくても良いのでは？」

ココが不思議そうな顔で尋ねてきた。

私はその理由を言おうと口を開いたが、すぐに閉じた。

あの夜の全てをココに伝えてしまってもいいけれど、そのことをエイナたちに知られたら、ココが危険な目に遭うかもしれない。

巻き込むなら、すでに事情を知っていて、エイナやクズーズ殿下が手を出しにくい人物でなくちゃ駄目だ。

アレク殿下はあの部屋での会話を聞いてはいないけれど、エイナとアレク殿下の仲は良くないし、私の味方に付いてくれる可能性は十分にある。

「エリナ様、疲れた顔をしておられます。少しお休みになられたほうがよろしいのでは？」

「そうね。そうするわ」

ココに促され、横になろうかと思った時だった。

扉が叩かれる音がしてココが応対する。やってきたのはエイナだった。

「エリナ！　さっき、クズーズ殿下がいらっしゃっていたのよね？　何かおかしなことを言われなかった？」

「……おかしなことって？」

「私があなたにいじめられているとかいうことよ！」

「そうね。そう言っておられたわ。一体、どういうことなの？　私たち、仲良くしていたわよね？」

「そうよ！　殿下ったら大袈裟なんだから。エリナと喧嘩した時の話をしたら、それはいじめだなんて言うのよ。だから、気にしないでね」

エリナは早口でまくし立てると、慌てて部屋を出ていこうとする。私はその背中に声を掛けて彼女を呼び止める。

「エイナ。あなた、アレク殿下とパーティーには出席しているの？」

エイナは立ち止まり、不思議そうな顔をして答える。

「いいえ。いつも、パーティーはあなたと一緒じゃない」

「でも先日のパーティーは、私はクズーズ殿下と一緒だったでしょう？　あなたはアレク殿下にパートナーをお願いしなかったの？」

「ううん、お誘いはあったけど断ったの。だってあの人、見た目が暗いし、黒ずくめだから苦手なの。どうせ前髪をあげても不細工な顔しか出てこないのでしょう？」

「婚約者は顔で決めるものじゃないでしょう」

呆れ返って言い返した後、気を取り直して質問する。

「じゃあ、エイナ。クズーズ殿下のことはどう思ってるの？」

「ど、どう思ってるって……」

「好きなの？」

「やだ、エリナ。どうしちゃったの、いきなり」

焦った様子のエイナに私は笑顔で答える。

「さっきクズーズ殿下と話をしたのだけど、エイナのことが好きみたいなの。だから、あなたがクズーズ殿下と結婚したらどうかと思いついたの」

「ほ、本当に!?」

エイナの表情が、困惑から笑顔に変わった。

「ええ。だから、クズーズ殿下とアレク殿下も含めて、一度話をしてみない？」

「もちろん！　でも、エリナ。本当にいいの？　私とクズーズ殿下が婚約したら、エリナはアレク殿下と婚約しないといけなくなるのよ？」

目を潤ませて言うエイナに、私は再び笑顔で答えた。

「私はかまわないわ」

小さい頃のアレク殿下は、今のように前髪で顔を隠してはおらず、とても可愛らしい顔立ちだったのを覚えている。

——ねえ、エイナ。あなたが望んだことなんだから、後から文句は言わないでね？

「じゃあ、決まりね！　話し合いの日にちが決まったら教えてね！」

私の返答を聞いたエイナは上機嫌になり、軽やかな足取りで私の部屋から出ていった。

＊＊＊

四人で話をする前にアレク殿下と二人で話をしておきたくて、アレク殿下宛に手紙を送ってもらったところ、一日も経たない内に返事があった。

この日時ではどうかという提案があり、それに対して私が了承の返事をした日から五日後の昼。

約束の時間よりも少しだけ早く、アレク殿下は私の部屋を訪れた。

婚約者ではない殿方であるアレク殿下と二人きりになるわけにはいかないので、ココが扉の近くで立ってくれている。

「体のほうはどうだ？　少しずつ動けるようになっていると聞いたが」

「寝てばかりいても良くないですし、無理のない程度に動いてはおります。本来なら私のほうからお伺いすべきでしたのに、こちらまで足をお運びいただきありがとうございます」

「怪我人の君に動けと言うわけにはいかないだろう。それに近々、見舞いに行こうと思っていたから気にしなくていい」

白い服を好んで着ているクズーズ殿下とは対照的に、アレク殿下は全身黒ずくめだ。黒シャツ、黒のパンツに黒の靴。この服装が彼が悪魔と呼ばれる理由の一つでもある。

私は上半身を起こし、ベッドの脇に置かれた椅子に座るアレク殿下を見つめる。

長い前髪を横に流したりせずにそのままにして話すものだから、目が見えず表情がわかりにくい。

「お気遣いありがとうございます。本題に入る前に、どうでも良いお話をしてもよろしいでしょうか？」

「どうした？」

「あの、前髪が長くて鬱陶《うっとう》しくはないのですか？」

「ああ」

アレク殿下は思い至ったように頷くと、椅子にかけていたジャケットのポケットから髪ひもを取り出し、前髪をかきあげて頭の上で結んだ。

「これでいいか？」

「あ、いえ、そういう意味ではなくてですね……といいますか、前髪がないほうが素敵ですね……」

私の好みの問題なだけかもしれないけれど、前髪をあげたアレク殿下は驚くほどに美形だった。前髪で顔を隠しているのは、もったいない気がする。

一部の女子は、アレク殿下が眉目秀麗《びもくしゅうれい》であると言っていたけれど、多くの人はそれをただの噂だと思い、信じようとしなかった。

——やっぱり噂は自分で確認しないと駄目ね。

「お世辞を言わせて悪いな。一応、前髪をおろしてるのには理由があるんだ。前髪をあげていると、なぜか女性が寄ってくる。婚約者がいる身ではあまり良くないだろう？」

「理由を聞けば納得できないことはないのですが、身だしなみについて何か言われたりしないのですか？」

「一人で夜会に出たり来客を迎えたりする時は、さすがに前髪をおろしたままだとまずいから、あげて出席している。ただ、前髪をあげると俺だと認識されなくて面倒なんだ。気になるのなら、君の前でだけ顔を見せるようにしようか」

「目を見てお話しできるほうが良いので、そうしていただけると助かります」

「わかった」

アレク殿下が頷いてくれたのを確認してから、慌てて頭を下げる。

「本来なら一番にお伝えすべきことを後にしてしまい、申し訳ございません。先日は私を介抱してくださり、本当にありがとうございました」

「俺は何もしてない。頑張ったのは医者だよ」

「ですが……」

「気にしなくていい。ところで話を変えるが、君は兄上から婚約を解消されるのを願っていて、さらには婚約者を変更したいと言ってるんだって？」

「はい。大変失礼なことを申し上げているのは存じております。ですが――」

「俺はかまわない」

「……はい？」

アレク殿下があまりにも即答だったので、驚いて思わず聞き返してしまった。

「俺は自分の婚約者がエイナ嬢から君に変わっても何の問題もない。というか、そちらのほうがありがたい」

アレク殿下は眉をひそめて腕を組んだ後、言葉を発せないでいる私に向かって続ける。

「エイナ嬢は俺が嫌いみたいなんだ。夜会にパートナーとして誘っても毎回断ってくるし、城で会っても愛想笑いしか向けてくれない。それに彼女は兄上のことが好きなんだろう。違うか？」

「そうだと思われます」

だってあの日の晩、エイナはアレク殿下にお慕いしてますって言ってたもの。嘘じゃないわよね。

「自信はないのか？」

「私とエイナは仲が悪いわけではないのですが、恋についての話はあまりしなかったんです」

「でも、思うところはあるんだろう？」

「……」

アレク殿下には伝えるべきかしら？

でも、彼を信用するにはまだ早すぎる気がして黙っていると、アレク殿下が首を横に振った。

「話したくないのならかまわない。ただ、答えられる範囲でいいから教えてほしいことがある」

「何でしょうか？」

「エイナ嬢の専属メイドの件だが、どこへ行くにもエイナ嬢と一緒だそうだな」

「はい。調べられたのですか？」

「兄上たちに嘘つき呼ばわりされたのに腹が立ってな。何か裏があるのだろうと思ったんだ。それに、あんな危険なメイドが同じ屋敷にいるのは危ないだろう。クビにできないかと考えてな」

どうして、そこまでしてくれるのかしら？　私とアレク殿下は別に仲が良いというわけでもないのに。

そんな私の疑問に答えるように、アレク殿下は続ける。

「俺は別に正義の味方ではない。ただ、あんなことをして平気な顔をしている人間を野放しにしたくないのと、次期国王の兄が、エイナ嬢の証言だけ信じて他の人間の意見に全く耳を傾けないということが、納得いかない」

「それは私も同感ですわ」

頷いてから尋ねる。

「あの、クララに関して、何かわかりましたか？」

「特に怪しい点はない。だから、何もできなかった。すまない」

「お気遣いいただけただけで光栄ですわ」

私が首を横に振ると、アレク殿下は眉根を寄せた。

「どうして、あのメイドはいつも一緒にいるんだ？」

「おそらくエイナに心酔しているんです」

「俺たちの知らない何かがあるのだろうな。あと、エイナ嬢と兄上の件だが、二人が両思いだというなら、結婚させてやろう。兄上が即位後、もしくはその前に俺たちが結婚したら、俺は公爵位を授かることになっている。その時は王都から少し離れた場所に住むことになるが、それは気にならないか？」

「それについてはかまわないのですが……」

「……どうした？」

アレク殿下が切れ長の目を、より細めて首を傾げる。

「いえ。思っていたより、すんなり認めていただけるのだな、と驚いてしまいまして」

「このままエイナ嬢と結婚するのは不安だった。嫌われないように努力していたつもりなんだが、彼女は俺を見ようとも、話を聞こうともしなかった。今度は夫婦で天使と悪魔だと言われかねないし、彼女と暮らす自分が想像できなかったんだ」

「そう言われてみれば、私もそうかもしれませんわ」

クズーズ殿下とは結婚しなければならないと思ってはいたけれど、結婚した後の生活については何も考えていなかった。

「そういえば、君と兄上の結婚の日取りは決まっていたよな？」

「はい。半年後です」

「では、もう動かないといけないな。話し合いは君の部屋でも大丈夫か？　日時は俺が段取りする。君の予定で駄目な日は？」

「私の部屋で結構です。それから日時に関してもお任せいたします」

「わかった。決まったら連絡する」

アレク殿下は頷いて立ち上がる。

「あまり長居するのは良くないから、今日はもう帰るよ。お見舞いに君とエイナ嬢が好きだという店の菓子を侍女に預けてあるから、良かったら食べてくれ。じゃあ、お大事に」

「ありがとうございました！　それから、アレク殿下！」

「どうした？」

「髪の毛をおろして帰ってください。エイナを悔しがらせたいので」

婚約解消後に、アレク殿下が実は整った顔立ちの人だった、なんて知ったら、エイナはとても悔しがるだろうから、今は隠しておきたい。

思いついたのでそう言ってみると、アレク殿下は口元に笑みを浮かべた後、髪の毛をおろし、私の所に戻ってきて耳元に顔を寄せた。

「君の記憶が戻っているようだから、良いことを教えてあげよう。君のご両親は俺の言うことを信じてくれている。兄上たちのせいでメイドをどうこうすることはできないが、二人は君を守ってくれてるよ」

「え⁉」

「俺の両親は兄上の外面に騙されて、俺のことを信じてくれなかった。だけど君の両親は、君の命に関わることだからと、俺の言うことを信じてくれた。調査を止められたことに引っかかったからかもしれない。だから、君の記憶が戻った、もしくは元々忘れていなかったと打ち明けても話を聞いてくれるはずだ」

アレク殿下はそう言うと、私が答えようとする前に部屋を出ていってしまった。ココが慌ててお見送りをするために部屋を出ていく。

彼に言われて気づいたけれど、私についていた侍女やメイドが変わっていたのは、お父様たちが私にとって彼女たちがあまり良くない使用人だと判断してくれたからかもしれない。

クララに関しては、エイナとクズーズ殿下が庇《かば》うから手が出せない、ということかしら？

エイナの本性にお父様たちが気づいていなかったとしても、二人が私の敵ではないことを知ることができてホッとした。

でも、どうして、アレク殿下に記憶があるとバレてしまったの？　エイナへの態度があからさますぎた？

「……まあいいわ」

一人で考えても答えは出ない。

「お父様たちが理解してくださっているのなら、婚約解消だって認めてもらえるわよね」

クズーズ殿下とエイナが婚約することになれば、エイナも幸せになる。お父様たちも私を贔屓《ひいき》しただなんて悩まなくても良いでしょう。

もし円満な婚約解消が無理そうだとしても、何とかして婚約解消する方法を考えないといけないわ。

＊＊＊

「僕たちとアレクとエイナの四人で話し合いをするとアレクから聞いたが、君が前に言っていたくだらない話じゃないだろうな？　僕はそんなに暇じゃないんだぞ」

約束の時間より一時間も早くにやってきた、白シャツ、白パンツ姿のクズーズ殿下は、出迎えた私に向かって、眉根を寄せてそう言った。

今日は、アレク殿下が段取りしてくださった話し合いの日。

お迎えする準備は整っていたけれど、まさかクズーズ殿下が一時間前に来るとは予想していなかった。

「それは申し訳ございませんでした。ところで、いらっしゃるお時間がかなり早いようなのですが」

「早く終わらせようと思ったんだ。それに、君とは話し合わないといけないと思ったから」

「どんなことをでしょうか？」

まだ怪我が快復しておらず本調子ではないため、侍女の手を借りてクズーズ殿下が座るソファの向かいの席まで移動して彼に問う。

「君は本当に僕との婚約を解消しようと思っているのか？」

侍女を見ると意図を理解してくれたのか、メイドの代わりにお茶を用意してくれた後、一礼して部屋から出ていった。

扉が閉まったのを確認し、クズーズ殿下からの質問に答えた。

「そのつもりですが、何か問題でもございますか？　私はクズーズ殿下とエイナのためを思っただけなのですが」

「エリナ。エイナがあれだけ可愛いんだ、君が卑屈になる気持ちもわかる。だが、僕は僕なりに君を愛するつもりだよ。僕の愛を受ければ、君もエイナをいじめたりしなくていいはずだ」

「そもそも私はエイナをいじめてなんかいません」

私がはっきりとそう告げたにもかかわらず、クズーズ殿下は首を横に振る。

「まだ、そんなことを言っているのか。いじめたほうはいじめてないと言うんだ。君が気づいていないだけで、君は彼女を傷つけているんだよ」

クズーズ殿下は、憐れむように私を見下ろした。

——どうしても殿下は、エイナの言葉を信じたいのね。それなら、好きにすればいいわ。私は私を信じてくれた人と生きていきたいから。

「クズーズ殿下に何を言っても、私の言葉は届かないようですね」

「エリナ」

クズーズ殿下は立ち上がると、テーブルを回り込んで、私の隣に腰を下ろした。

隣に来られたことに不快感を覚えたけれど、体がすぐには動かなくて、侍女を呼ぼうとベルに手を伸ばす。しかしクズーズ殿下は、それを取り上げた。

「素直な気持ちを聞かせてほしい。エリナ、僕は君がエイナをいじめていたとしても責めたりなんかしない。劣等感を持つのはすごく共感できるからだ。婚約を解消したいというのは、演技なんだろう？」

「……演技？」

「ああ。城に帰って考えたんだ。君は僕にかまってほしくて、婚約者を交換したいだなんて言い出したのかなって」

「違います。とにかくベルを返してくださいませ」

横にずれて身を離すと、彼はまたこちらに近づいてくる。

「なあ、エリナ。僕はエイナよりも君のほうが王妃にふさわしいと思っている。だから、意地を張らずに僕と結婚するんだ」

「殿下はエイナがお好きなのでしょう？　私が殿下の婚約者の座をエイナに譲れば、殿下とエイナは結ばれるのですよ？　それはエイナだけでなく殿下にとっても喜ばしいことでしょう？」

作り笑顔で返すと、クズーズ殿下は首を横に振る。

「エイナのことが好きというわけではない。ただ、可愛いと思うだけだ。彼女は性格も良いし、僕のことを立ててくれる。君は性格は悪いかもしれないが、そのほうが王妃のプレッシャーを強く感じなくて良いだろう？」

「結局は、ご自分とエイナのことしか考えていらっしゃらないのですね」

ベルを取り返すことを諦めたところで部屋の扉が叩かれ、返事を待たずにエイナが部屋に入ってきた。

「クズーズ殿下がいらっしゃっていると聞いたのですけどっ」

満面の笑みを浮かべて入ってきたエイナは、クズーズ殿下が私の隣に座っている光景を見て、笑顔を消した。

それを見て、クズーズ殿下は途端に慌て始めた。

「いや、これは違うんだ。彼女の具合が悪そうだったから介抱しようとしていた」

「もう大丈夫ですから、席にお戻りになって？」

慌てる殿下に、ここは助け舟を出しておいた。こんなところで、痴話喧嘩をされても困る。

「元気になったのなら良かった」

クズーズ殿下は引きつった笑顔を見せて頷くと、さっきまで座っていた場所に戻った。

「……とっても、早くいらっしゃったんですのね」

エイナはクズーズ殿下の隣に座ろうとして、立ち止まって舌を出し、こつんと自分の拳を頭に軽く当てた。

「いけない、間違えちゃった。ついつい、こっちへ来てしまったわ、ごめんなさい、エリナ。あなたの婚約者なのに隣に座ろうとしてしまって！」

「いいのよ。もうすぐ、そうじゃなくなるから」

「エリナ⁉」

クズーズ殿下が驚きの声を上げて立ち上がろうとしたけれど、笑顔を向けて制する。

「詳しい話はアレク殿下がいらっしゃってからにしましょう」

「だ、だが！　アレクは、嫌がると思うぞ。僕のお下がりの婚約者を押しつけられるなんて迷惑なはずだ」

「それはアレク殿下に聞いてみなければわかりませんわ」

「ねえ、エリナ。今日は婚約者を交換する話をするのよね？　でもクズーズ殿下がおっしゃるように、私たちは良くても、アレク殿下は嫌がるかもしれないわ。だって、アレク殿下は、私のことを好きみたいだし」

私の隣に腰を下ろしたエイナは、わざわざ私の顔を覗き込みながら言った。

——自分はアレク殿下を好きじゃないけど、アレク殿下は自分を好きだと言いたいのね？

「でも、エイナとクズーズ殿下が愛し合っているのなら、アレク殿下は私の提案を理解してくださると思うの」

「べ、別に、僕とエイナはそんな関係じゃない！」

「……クズーズ殿下」

エイナが目を潤ませてクズーズ殿下を見ると、彼はエイナから顔を背けた。

――どうして、クズーズ殿下は婚約解消を嫌がるのかしら？　本当にエイナのことが好きではないの？

時間はまだかなり早いけれど、アレク殿下を待たずに話を始めてしまおうかと考えていると、部屋の外が騒がしくなり、ノックの後にココが私に告げる。

「アレク殿下がいらっしゃいました」

「え!?　もう？」

驚きはしたけれど、私にとってはありがたかった。

中に入ってもらうようココに言うと、黒ずくめのアレク殿下が入ってくるなり謝ってきた。

「すまない。兄上がかなり早くに出たと聞いて、慌てて来たんだ。話し合いの開始時間が予定よりも早くなっていただなんて知らなかった」

アレク殿下は私に謝った後、最後のほうの言葉はクズーズ殿下に向かって言った。

「そ、それは……」

「アレク殿下、時間は早めておりませんのでご安心ください。クズーズ殿下が早く来られて、そのことを知ったエイナが早くにやってきただけです」

「そうか。なら、良かった」

ココがアレク殿下にお茶を出し、私たちにもお茶を淹《い》れ直してから一礼して部屋を出ていくと、部屋の中は静まり返る。

すると、かなり間隔を空けてクズーズ殿下の隣に座っているアレク殿下が口を開いた。

「今日集まってもらった件だが、もう知っているとは思うが、婚約者を交換するという話をしたい」

「嫌だ！」

アレク殿下の言葉に間髪容《かんはつい》れず放たれたクズーズ殿下の言葉に驚いて、私たちは彼に目を向けた。

クズーズ殿下は立ち上がり、アレク殿下を見下ろして言う。

「いや、嫌だというより駄目だ。エリナは僕の婚約者なんだ！　アレク、お前には渡さない！」

――何を言ってるの、この人。

私とアレク殿下は呆れた顔になり、エイナは今にも泣き出しそうな表情でクズーズ殿下を見つめた。

クズーズ殿下の言葉に耳を疑っていた私たちだったけれど、いち早く平静を取り戻したアレク殿下が口を開いた。

「兄上。俺にエリナ嬢を渡したくないという理由だけで、婚約者の交換を駄目だとおっしゃっているんですか？」

「そ、それだけじゃない！　お前にはエリナを幸せにできないからだ」

「意味がわかりません。兄上以外の人と結婚すると、エリナ嬢は幸せになれないと？」

「そういうことだ」

アレク殿下の質問に、クズーズ殿下は、大きく首を縦に振った。

――何を根拠に、この人は自分が私を幸せにできると思ってるの？　どちらかといえば、クズーズ殿下と一緒になったら、不幸になる未来しか見えないんだけれど？

「……クズーズ殿下？」

私が口を開く前に、エイナが震える声で殿下の名前を呼ぶ。すると、クズーズ殿下はすとんとソファに座り直し、エイナには何も言わず、アレク殿下を睨む。

「エイナの顔を見てみろ。婚約者の交換だなんて言うから、傷ついているだろう？」

「本当にそうなんですかね？」

「そうに決まっているだろう！」

「そんなに大声を出さなくても今から確認しますよ。で、どうなんだ、エイナ嬢？」

アレク殿下が尋ねると、エイナは首を横に振った。

「私はクズーズ殿下をお慕いしていますが、エリナのことを考えたら、婚約者の交換だなんて酷いことはできません！　だって、エリナはクズーズ殿下のことが好きなんでしょう？　それに、アレク殿下だって私のことを……」

「エイナ。あなたが私のことを考えてくれているのなら、婚約者を交換してくれないかしら？　アレク殿下もそう思いませんか？」

「俺も同意見だ。俺は人の恋路の邪魔はしたくないのでね」

「私もです。クズーズ殿下とエイナが愛し合っているのなら、婚約者を交換して、愛し合う二人に幸せになってもらいたいです」

そして二人が結婚した後は、これ以上私に関わらないようにしてもらうわ。私がアレク殿下のもとに行けば、エイナと会うこともほとんどないでしょう。

「本当にいいんですか？」

私の言葉を聞いて、エイナは少しだけ不満そうな顔をした。私がまったく悔しがらないし、アレク殿下が婚約解消を嫌がると思っていたのかもしれない。

対してクズーズ殿下は眉を大きく吊り上げて拒絶を示した。

「別に僕は、エイナと結婚したいわけではない！」

クズーズ殿下の叫びを聞いて驚いたのは、私だけじゃなかった。

「クズーズ殿下！　どうして、そんなことをおっしゃるんですか？　酷いです！」

「いや、エイナ。あの、君のことを悪く言ってるんじゃなくてだな」

「じゃあ、何だって言うんですか!?　私と結婚したくないってことですよね!?」

言い合いの末、エイナは両手で顔を隠し、声を上げて泣き始めた。

これが嘘泣きなのか、悲しくなって本当に泣いているのか、私には判断がつかない。

「そういう意味じゃない！　君は魅力的な女性だよ！　だけど僕は今までエリナと結婚すると思っていたんだ。だから、今更婚約者を替えるだなんてできない！」

「その理由では、エリナ嬢が幸せになれないからではなく、兄上が自分のことしか考えていないようにしか聞こえませんが？」

エイナを慰めようとするクズーズ殿下にアレク殿下がそう言うと、クズーズ殿下は怒りをむき出しにして再び叫ぶ。

「そういう意味ではない！　婚約者の交換なんてやらなくてもいい！　どうしてそんなことをしな

ければいけないんだ！　エリナにふさわしいのは、この僕だぞ⁉」

「クズーズ殿下、私のことはお気になさらないでください。私と無理に結婚する必要はありませんわ。あなたと結婚する資格はエイナにもございます。エイナとどうぞ、お幸せになってください」

「エリナ！　どうして、そんなことを言い出すんだ？　今まで、上手くやってきただろう？」

怒りを滲《にじ》ませていた顔が途端に泣きそうになり、クズーズ殿下は私に訴えてくる。

クズーズ殿下がどうして私との婚約を解消したくないのか、その理由がさっぱり見えてこない。今まで私と結婚すると思っていた……なんて、理由にはならないわ。

「上手くやってきたというより、そうするのが当たり前だと思っていただけです。今回、私が婚約者の交換を考えた理由をお伝えいたしますわね」

一度、言葉を区切ってから、私はクズーズ殿下を見据えた。

「クズーズ殿下、私があなたとの婚約を解消したい理由は、あなたに思いやりがないからです。お見舞いに来てくださった時の殿下の態度には、私への気遣いが一切見えませんでした」

「ど、どういうことだ？」

「あの時にもお伝えしましたが、普通、婚約者が怪我をしたのであれば、まずは婚約者の体の心配をするはずです。それなのに、あなたはエイナの話ばかりしておられました。馬鹿な人間でなければ、あなたの頭の中の多くを占めているのは誰だか、わかってきますよね？」

にこりと微笑むと、クズーズ殿下は首を横に振る。

「そ、それは、その、混乱していただけだ。それに、君は元気そうだったじゃないか！」

「元気そうに見えたとしても、エイナの話ばかりするのはおかしいでしょう」

笑顔を消して厳しい口調で彼にそう言ってから、大きく息を吐く。

「クズーズ殿下。正直に言わせていただきますが、私はあなたと共に人生を歩んでいくつもりはありません。なぜなら、あなたの気持ちはエイナに、エイナの気持ちはあなたにあるからです。どうしてもそちらが婚約を解消するつもりがないとおっしゃるのであれば、こちらから婚約破棄させていただきます」

「やめてくれ！　そんなことをしたら、僕が可哀想に思われるじゃないか！」

クズーズ殿下の叫びを聞いて、アレク殿下は苦虫を噛み潰したような顔になった。

それを一瞥《いちべつ》し、私はすぐにクズーズ殿下に視線を戻した。

「つまり世間体が大事だということですわね？　では、クズーズ殿下。あなたから婚約を破棄していただけませんか？」

「ぼ、僕から？」

「ええ。婚約破棄をされた自分が可哀想だとおっしゃるなら、あなたから婚約を破棄してくださいませ。ですが、婚約破棄をする理由を私のせいにはしないでくださいい」

「じゃあ、どうしろって言うんだ？」

クズーズ殿下は情けない顔で私に聞いてくる。私はため息をついて答えた。

「国民のためを思って、天使と言われているエイナを選んだことにされてはいかがですか？」

「国民の多くは君が悪魔と呼ばれていることを知らないんだぞ？　そんなの納得しないだろう！」

クズーズ殿下が声を荒らげると、被せるようにアレク殿下が口を開いた。

「兄上」

「何だよ⁉」

「エリナ嬢と二人で話をさせていただけませんか」

「するなと言ってもするんだろう！」

クズーズ殿下は叫ぶと、アレク殿下に背を向けた。

「少しだけいいか？」

「はい」

アレク殿下に呼ばれ部屋の隅に向かう。するとなぜか、残されたクズーズ殿下とエイナが喧嘩を始めた。

「クズーズ殿下、酷い！　私の心を弄《もてあそ》んでいたんですね！」

「ち、違う！　僕はただ！」

「なら、責任をとって、私を幸せにしてください！」

「そ、それは無理だ！」

「どうして無理なんですか⁉　クズーズ殿下は、やっぱりエリナのほうが良いんですか⁉」

修羅場になった二人を見るのは面白いけれど、ずっと見ているわけにはいかないので視線をアレク殿下に向ける。

「どうされましたか？」

アレク殿下は身を屈めて私の耳元に口を近づけて話をしてくる。

「兄上が婚約解消をしたがらない件だが、もしかすると、エイナ嬢が俺の婚約者だからかもしれない」

「どういうことでしょうか？」

「俺の婚約者が自分に夢中になっていることに、兄上は優越感を抱いていたいだけかもしれない」

「そんな！　それって、アレク殿下にもエイナにも失礼な話じゃないですか」

「そうじゃないかと思っただけだから、証拠もないし絶対とは言えない」

アレク殿下の話を聞き、ふと疑問が湧く。

「でも、それでしたら、私とエイナを交換することを嫌がるのはなぜなんでしょう？　アレク殿下から婚約者を奪えるじゃないですか」

「それはそれで違うんだろ。自分の婚約者を俺に奪われるとも思っているのかも」

「だとすると、殿下はエイナとの今後の関係をどうするつもりだったのでしょうか？」

「君と結婚するまでの遊びという可能性が高い」

「最低な人ですわね」

この件に関してはエイナに同情するけれど、自分の好みじゃないからといってアレク殿下を蔑《ないがし》ろにするんだから、自業自得なところはあると思う。

「そんな話を聞いてしまったら、余計にクズーズ殿下と結婚できませんわ」

「そうなると、エイナ嬢を兄上の婚約者にしないといけない。昔からのしきたりを兄上の代で変えるわけにはいかないだろうからな」

「公爵令嬢としか結婚できない、というやつですわね」

「そういうことだ。今、他の公爵家に令嬢はいると言えばいるがまだ三歳だ。兄上と結婚するよりも、兄上の子供と結婚したほうが良いだろうからな」

頷き合ってエイナたちを見ると、顔を両手で覆って泣いているエイナを、クズーズ殿下が必死に慰めているところだった。

「色々と問題はあるが、とにかく、今は君と兄上との婚約破棄を優先させることにしようか」

「はい。あの二人が結婚するとなると国の未来が心配にはなりますけど……」

王太子はクズーズ殿下なのだし、彼を正しく導くのは王妃になる人間だと思う。私とエイナ、どちらがふさわしいかと言われたら、昔はエイナだと思っていた。

クリーンなイメージだけを考えればエイナはかなり王妃向きだと思う。笑顔を振りまくだけしかできないだろうから、ある意味無害。クズーズ殿下が駄目人間だとしたら、政治は側近たちに頑張ってもらうしかない。

「とにかく、このままでは埒《らち》が明かない。何か切り札にできそうなものはないか？」

アレク殿下は整った顔を歪めながら聞いてきた。

「もう、なりふりかまわず、こちらから婚約を破棄いたします。お父様に確認しましたが、陛下はエイナを気に入っていらっしゃるようですし、エイナのために婚約破棄をしたということにして押し切ります。陛下なら、クズーズ殿下を納得させてくださるでしょう」

「兄弟の問題に巻き込んでしまってすまない。できる範囲のことはさせてもらう」

「気になさらないでください。ただ、危なくなったら、助けていただけますか？」

「もちろんだ」

苦笑して顔を見合わせた後、私たちは修羅場と化している、エイナたちの所へ戻ることにした。

「私の心を弄《もてあそ》んでいたんですね⁉　あの時、私が婚約者だったらと何度も思ったと言ってくれたのに！」

嘘泣きだと思っていたけれど、どうやらエイナは本当に泣いているようだった。しかも動揺しているのか、特に私とアレク殿下の前でしてはいけない話を大声で続けていた。

「私が愛していますと言ったら、同じ気持ちだと言ってくださったじゃないですか！」

エイナはソファに置かれていた黒色の四角いクッションを手に持つと、クズーズ殿下を叩き始めた。

「バカバカバカバカ！　クズーズ殿下のバカぁ！」

「落ち着いてくれ、エイナ！　アレクたちが見ているだろう⁉　いつもの可愛い君に戻ってくれ！」

「どうせ、エリナたちの話なんて、誰も信じないから大丈夫です！　私とクズーズ殿下の証言と、エリナとアレク殿下の証言、どちらかを信じるとしたら、私たちに決まっているじゃないですか！」

このまま、何を言い出すのか聞いていたい気もするけど、時間もないからやめておく。

「あなた、本当はそんなことを考えていたのね？」

私が話しかけると、エイナはハッとして、立っている私を見上げて答える。

「ち、違うわ！　今は感情的になってしまっただけ！　言いすぎたなら謝るわ！　本当に悪気はなかったの。ただ、皆がそう言うからつい、口に出してしまったの！　ごめんなさい、エリナ。アレク殿下。許してくださいますよね？」

エイナの上目遣いに、アレク殿下は小さく息を吐き、首を横に振った。

「許すつもりはないが、君の言いたいことはわかった」

「エイナ、私はあなたの幸せを願っているの。だから、あなたのために、私のほうからクズーズ殿下との婚約を破棄するわ。そうすれば、あなたがクズーズ殿下の婚約者になれるはずよ。だって、後継ぎは必ず必要だもの」

「本当に!?」

エイナが涙を拭って、嬉しそうに微笑んだ。けれど、隣のクズーズ殿下は勢いよく首を横に振る。

「頼むからやめてくれ！」

「クズーズ殿下はどうしてそんなに嫌がるのですか？　先ほどのお二人の会話を耳にしましたが、愛していますという、エイナの言葉に対し、同じ気持ちだとおっしゃったのですよね？」

「そ、それは！」

「クズーズ殿下！　それに関しては、私のメイドのクララも聞いていますっ！」

エイナがすかさず援護してくれる。

――あの時、クララが扉を開けて、私に二人の会話を聞かせてくれた。それについてはできれば、私たちの信頼度が回復した後、大勢の前で思い出した体《てい》で暴露《ばくろ》したい。

「どういうことですか、兄上」

「クズーズ殿下。証人もいるのでは言い逃れできませんわね？」

「違うんだ、聞いてくれ！　僕は本当に君と結婚するつもりだった！」

アレク殿下と一緒に責めると、クズーズ殿下は必死の形相で叫んだ。

「クズーズ殿下！」

エイナがクズーズ殿下の胸に縋《すが》りつき、言葉を続ける。

「もう、我慢しなくていいんです、クズーズ殿下。私たちは素直になればいいだけなんです」

そう言って、エイナは悲しげな表情を私のほうに向ける。

「ごめんなさい、エリナ。あなたから大事なものを奪ってしまって。でも、恨まないでね？　これはしょうがないことなの」

「もちろんよ、エイナ。幸せになってね」

「エリナ嬢、決まったのであれば、まず君のお父上とこの話をしたほうがいい。俺も一緒に行く」

「ありがとうございます、アレク殿下」

アレク殿下に微笑んでから、呆然としているクズーズ殿下に顔を向ける。

「クズーズ殿下、あなたに愛される努力を怠《おこた》っていたことはお詫びいたします。申し訳ございませんでした。ですが、エイナとそういう関係になる前に、お話ししていただきたかったですわ。浮気は許されることではありません」

「僕は浮気なんか！」

「エイナ嬢と隠れて会っていた時点で、浮気だと思う人もいるでしょう。そして、エリナ嬢もそう感じたんです。エリナ嬢が許せないと言っているのですから、もう諦めてはどうです？　兄上は本当に愛する人と一緒になればいい。エイナ嬢にはその資格がありますよ」

「アレク！　僕からエリナを奪おうとして何が楽しいんだ⁉」

「それはこちらの台詞《せりふ》ですよ、兄上。ですが、兄上の望みを叶えて差し上げたいので、俺とエイナ嬢との婚約は俺のほうから破棄します。これで二人は幸せになれますね」

アレク殿下が微笑んでクズーズ殿下を見ると、クズーズ殿下は憤怒《ふんぬ》の表情を浮かべる。しかし再び諍いが起きる前に、私は口を開いた。

「アレク殿下、行きましょう。エイナ、クズーズ殿下と幸せになってね」

「もちろんよ。あの、アレク殿下、あなたのお気持ちに応えられず申し訳ございませんでした。真実の愛をご理解いただけて、とても嬉しいです」

エイナは眉尻を下げて悲しそうに見せているようだけど、彼女を疑い始めた私は、彼女の目が笑っていることに気がついた。

アレク殿下もそれに気がついたようで、私に小声で聞いてくる。

「なぜ、俺がふられたみたいになってるんだ？　まあ、それはいいとして、髪をあげてもいいか？　いい加減、鬱陶《うっとう》しくなってきた」

「そうですね。部屋を出る時にお願いします」

私が頷くと、アレク殿下は私の手を取って歩き始めた。扉を開けてくれたアレク殿下は、廊下で待っていた侍女に私を預け、前髪をあげて室内を振り返る。

「では、今日はここで失礼する。後は二人で、どうぞごゆっくり」

反応が気になって応接室の中を覗くと、今にも泣き出しそうなクズーズ殿下と、ぽかんと口を開けているエイナの姿が見えた。

「え？　今の、誰？」

エイナの間抜けな声が聞こえたと同時に、アレク殿下は応接室から出て、扉を閉めた。

＊＊＊

いつもお忙しいお父様だけど、アレク殿下と一緒に三人で話がしたいとお願いすると、アレク殿下がいらっしゃるだけに、お父様は仕事よりこちらのほうを優先してくれた。

お父様の執務室の応接スペースで、お父様の向かい側に、私とアレク殿下が並んで座った。

前髪をあげているからか、お父様はアレク殿下のことが最初は誰だかわからなかったようで、一瞬、私が恋人でも連れてきたのかと焦ったみたいだった。

アレク殿下だと認識してもらったところで、まずは私から事情を説明し、アレク殿下に補足をしてもらいながら事情を説明し終えると、お父様は渋い顔をした。

「大変なことになるな」

「勝手なことをしてしまい申し訳ございません、お父様。ですが――」

「わかっているよ。お前も悩んで決めたことなのだろう。だが、婚約破棄といっても、最終的に婚約者の交換という形になるだろう。そうなった時、エイナが王妃になるのはまずいだろう」

「……どういうことですか？」

「エリナ、その話をする前に聞いておきたいことがある」

「……何でしょうか？」

お父様は顔を上げると、真剣な眼差しで問いかけてくる。

「アレク殿下が、お前は記憶喪失ではないとおっしゃっているんだが、実際はどうなんだ？　騙しただなんて怒ったりしないから、正直な話を聞かせてくれないか」

「……ごめんなさい、お父様」

深く頭を下げると、お父様は優しげな口調で声を掛けてくれた。

「そうか。なら良かった」

「……はい？」

予想していなかった言葉が返ってきて、思わず頭を上げて聞き返すと、お父様は微笑む。

「記憶障害が起きてしまうほど頭を強く打っていなくて、良かった」

「ありがとうございます、お父様。それから、アレク殿下も」

アレク殿下に顔を向けると、彼は苦笑して首を横に振った。

「気にするな。そうじゃないかと思っただけだから」

「どうしてそう思われたのですか？」

「そうだな。兄上と俺の言うことが違うなら、多くの人間は兄上を信じる。なのに、エリナ嬢は無条件で俺を信じてくれていた。なら、それが現実だと思える、あの時の記憶があるのかもしれないと思ったんだ」

髪をあげているからか、表情がよく見えて、彼が悲しそうな表情をしているのがわかった。

――割り切っているつもりでも、きっと誰からも信じてもらえないのは辛かったのでしょうね。

「エイナがあなたに対して酷い態度を取っていたことに、長い間、気づけなくて申し訳ございませんでした」

「君が謝ることなんてないだろう」

「そんなことはありません。私がエイナに無関心だったからです。もっと早くに気がつくべきでした」

「そんなことはない。双子だからって、いつも関心を持たないといけないわけではないだろ？」

「……コホン。アレク殿下、エリナととても仲良くなられたようですね」

お父様が咳払いをすると、アレク殿下は苦笑する。

「そうか？　これくらい普通だろ。だが今はこんな話をしている場合じゃないな。公爵、失礼した」

「そんなことをおっしゃらないでください。殿下がいらっしゃらなければ、エイナが裏であんなことをしていたとは気づかなかったでしょう。そして、エリナが真実を話してくれることも……」

「大袈裟だよ。ただ今の発言で気になったんだが、エイナ嬢のことで何かわかったのか？」

問いかけられたお父様は、緩めていた表情を引き締めて首を縦に振った。

「半信半疑で調べてみましたところ、エリナからいじめを受けているという話を、エイナがかなり前から多くの方々にしていることを確認いたしました。些細《ささい》な姉妹の喧嘩を大袈裟に話しているものもありますが、エリナが暴力をふるっているなどと明らかに嘘をついているものもありました。他にも例をあげたら数え切れません」

お父様は言葉を区切り、目を伏せた。

「また、エイナの侍女やメイドが徒党を組んで、エリナの悪い噂を流していました。さらに、エイナには親衛隊という男性の集まりが付いていて、その人々もエリナの悪評を広めているようです」

そこまではアレク殿下に向かって言い、お父様は今度は私のほうを見てから続ける。

「メイドの話で思い出したが、かつてクララはメイド内でいじめられていたようだ。それを助けたのがエイナだ。その恩を感じている上に、お前がエイナをいじめていると聞かされたんだろう。お前があんなことになったのは、私が気づけなかったからだ。本当にすまない」

「この家の使用人はたくさんおりますし、気になさらないでください」

「ありがとう、エリナ」

お父様は微笑んだ後、アレク殿下のほうに体を向ける。

「アレク殿下。エイナに関してですが、エリナを危険な目に遭わせたメイドを庇《かば》うくらいですから、次期王妃になるのは厳しいのではないかと。それなら、エリナに任せたほうが良いと思うのですが」

「それはそうかもしれないが、エリナ嬢は嫌なんだろう？」

「はい。ワガママを言っていることは承知しています。ですが、全ての公務をクズーズ殿下やエイナがこなすわけではなく周りのサポートがあるはずです。それに、私がどうしてもクズーズ殿下と結婚したくない理由は、クズーズ殿下とエイナが、逢瀬《おうせ》を重ねていたからです」

私の言葉を聞いてお父様は驚いたようだったけれど、無言で続きを話すように促した。

「あのパーティーの時に、二人が休憩室で一緒だったのを確認しておりますので、間違いありません」

あの日、見たことを正直に話すと、お父様は頭を抱えた。

「あのメイドは、エイナに二人のことを知られてまずいと思ったから、あんなことを？」

「それもあるかもしれませんが、私の態度が気に食わないみたいでした」

「なんてメイドだ。辞めさせるだけでなく罰も与えたいが、エイナが庇《かば》っているし、クズーズ殿下の願いで、陛下からもあのメイドを辞めさせるなと言われている」

お父様は大きく息を吐いてから、私に聞いてくる。

「クズーズ殿下との婚約破棄の理由については、どうするつもりなんだ？」

「エイナがクズーズ殿下との婚約を望んでいますので、それを理由にします。逢瀬《おうせ》の件に関しては、さすがに他の人の前では否定するでしょうし、クララもそうでしょう」

「逢瀬《おうせ》の件については、陛下に何も言わなくていいのか？」

「陛下が渋られるようなら、切り札としてお使いください。お父様には申し訳ございませんが、エイナにはやられた分はやり返すつもりです。もちろん、クズーズ殿下を奪うつもりはありませんので、心配なさらないでください」

「……エリナ、お前の気持ちはわかるが」

「申し訳ございません、でももう決めたんです。もちろん、クズーズ殿下とエイナのせいで、国が危ぶまれるようなら手を貸します。それに、クズーズ殿下との結婚はエイナが望んでいるのであって、無理やりではありません」

国の行く末と娘の幸せとを天秤《てんびん》にかけないといけない状態になっていて、お父様は辛いわよね。

でも、お父様は私の目を見て、大きくため息をつき、首を縦に振ってくれた。

「わかった。私は婚約破棄を認めよう。確認するが、エイナはクズーズ殿下と逢瀬《おうせ》を重ねていたと言ったんだな？」

「はい」

私が頷くと、お父様は難しい顔になってから思案し始めた。

「陛下には何と伝えたらいいものか。エイナはその気のようだから、クズーズ殿下がエイナを誑《たぶら》かしたというように持っていき、それによりエリナとの婚約を破棄、エイナとクズーズ殿下の婚約を取り付ける、としようか。そうすれば、自動的にアレク殿下は婚約を解消されることになる」

「王家としてはそんなことは公《おおやけ》にされたくないでしょうから、父上も納得せざるを得ないだろうな」

アレク殿下が頷くと、お父様は、再び大きなため息をつく。

「公《おおやけ》になると困るのはこちらも同じです」

「兄上が申し訳ない」

「いえ、アレク殿下。こちらこそ、私の娘がご迷惑を」

「いや」

お父様とアレク殿下がお互いに謝り始めた。このままではエンドレスになりかねないと思い、私は二人の間に入り止めた。

「とにかくお父様、国王陛下に婚約破棄についての連絡をお願いいたします」

「わかった。あとエリナ、もう一つだけ教えてくれないか」

「何でしょう？」

「エリナとアレク殿下はどうするつもりなんだ？」

お父様に聞かれ、思わず私とアレク殿下は顔を見合わせた。

「アレク殿下はエリナとの結婚は問題ないのでしょうか？」

「もちろんだ」

「私も嫌ではありません」

お父様が私とアレク殿下の意思を確認すると、私たちはお父様と共に執務室を出た。

この国の次の国王と王妃に不安を覚えないわけではないけれど、今は、とにかく、婚約破棄を喜ぼう。

アレク殿下をお見送りした後、侍女の手を借り、明るい気持ちで自分の部屋の近くまで戻ってきた時だった。

私の部屋の前に、クズーズ殿下が立っているのが見えた。

彼を任せるために手前にあるエイナの部屋の扉を叩こうとすると、クズーズ殿下が近寄ってきて、私の右腕を掴んだ。

「話し合いたい」

「もう話すことはございません」

「王太子命令だ！　断るなら不敬罪に問うぞ⁉」

　こんな時だけ王太子命令だなんて！

　言い返そうとした時、エイナの部屋の扉が開きクララが顔を出す。しかし彼女は私と目が合うと、クズーズ殿下の存在には気づかなかったのかそのまま扉を閉めてしまった。

「来るんだ、エリナ！」

　腕を強く引っ張られ、私は自分の部屋の前に連れてこられてしまう。助けを求めるため背後にいた侍女やココを見ると、ココは無言で首を縦に振り走っていく。侍女は何かあった時のために残ってくれたようだった。

「クズーズ殿下、一体、どういうおつもりですか？」

「エリナ、機嫌を直してくれ。エイナは君が僕のことを好きだと言っていた。僕も同じ気持ちだ。だから、婚約者を変更するだなんて馬鹿なことはやめよう」

「申し訳ございませんが、お断りいたします」

　私はクズーズ殿下のお願いをきっぱりと断った。

　これ以上、エイナに振り回されたくない。

「エリナ、聞いてくれ。外見については、君はエイナには敵わない。それは持って生まれたものだからしょうがない。だけど、僕の補佐をできるのは君しかいない」

　どうして、この人はいちいち人の外見に文句をつけてくるのかしら。そんなにエイナの外見が好みなら、中身も自分好みに変えたらいいじゃないの。

「人としての尊重もなく、こき使われるだけの人生なんてごめんですわ。それに、エイナも愛するクズーズ殿下のために一生懸命頑張ると思います」

大きく息を吐いてから答えると、クズーズ殿下が突然笑い始めた。

「どうされましたか？」

「わかった、わかったよ、エリナ。君は、ヤキモチを妬《や》いてるんだな？」

ああ、話が通じない。どうして、そんな話になるの？

「ヤキモチなんて妬《や》いておりません。ところで、エイナがどこにいるか知りませんか？」

「彼女は部屋にいるよ。友人に手紙を書くと言っていた」

「手紙を？　殿下を私の部屋の前に立たせて、自分だけ部屋の中にいるんですか？」

「ああ。僕たちが婚約解消をすると喜んで、皆に知らせるつもりらしい」

「妹が失礼をしてしまい申し訳ございませんでした。さて、この後はいかがなさいますか？　エイナの部屋に行かれますか？　それともお帰りで？」

「エリナ！　そこまで意地を張ると可愛げがないぞ？」

微笑みながらクズーズ殿下がそう言った時、ちょうどエイナの部屋の扉が開き、今度はクララではなくエイナが顔を出す。私を見ると、エイナは笑顔で話しかけてきた。

「ねえ、さっきのアレク殿下の件だけれど」

「エイナ、それよりもクズーズ殿下を放っておくだなんて。まだお帰りにならないようだから、あなたがお相手しないと駄目じゃない」

「わかったわ！　それよりも！」

エイナは話を続けようとしたけれど、私はエイナの声が聞こえないふりをして、クズーズ殿下に話しかけた。

「では殿下、エイナの部屋でゆっくりなさってくださいませ」

「ちょっと待ってくれ、エリナ」

「あなたと私は婚約者ではなくなるのですから、これ以上、私に近づかないでください」

「聞いてくれ！　僕は本当に君のことを！」

「クズーズ王太子殿下、エリナ様の体はまだ完治はしておりません。乱暴な真似《まね》はおやめください」

「おい！　お前には関係ないだろう！　そこを退《ど》け！」

私たちの間に入ってくれた侍女の体を、クズーズ殿下は勢いよく押しのけようとする。

しかしその瞬間、お父様が厳しい顔をしてやってきた。

お父様は私と侍女を庇《かば》うように、クズーズ殿下の前に立った。

「ここは私の屋敷です。いくら殿下であらせられても、何をしても良い場所ではございません！」

「違うんだ、モドゥルス公爵！　この侍女が邪魔をしてきたから」

「たとえメイドだとしても、乱暴することは許されません。それから殿下、エリナから聞きましたが、エイナのことを愛しているとおっしゃっていたそうですね？」

「愛しているとは言ってない！」

「同じ気持ちだと言ってくれましたわ！」

静かにしていたエイナが、クズーズ殿下の言葉に被せるように、お父様に向かって叫んだ。

「エイナ、お前もお前だ。もちろん、私にも責任はあるし、お前が可愛い私の娘であることに変わりはない。でも、これからは厳しくするぞ。王太子妃になるんだろう？」

「そうです！　王太子妃になります！　あ、ごめんね、エリナ。こんな話を聞かせてしまって。辛いわよね？」

「いいえ、私のことは気にしなくて結構よ」

嬉しそうにこちらを見るエイナに首を横に振ると、彼女は不満そうにしたけれど、すぐに笑顔に戻る。

「それよりもエリナ。さっきのアレク殿下のことなんだけど」

「エイナ。クズーズ殿下の前で他の男性の話をしたら、妬《や》いてしまわれるわよ？」

話題を変えてやると、エイナは特に疑問を持つこともなく、クズーズ殿下を見て頷いた。

「そうね、そうよね」

エイナが馬鹿で助かったわ。

内心でそう安心していると、厳しい顔つきのままお父様はクズーズ殿下に言い放った。

「私は今から、陛下に謁見《えっけん》を求めに行きます。ですから、あなたを城までお送りしましょう」

「そんな！　父上は忙しいんだ！　急に会えと言われても会えるような人じゃないぞ！」

「承知しております。会っていただけるまで、いつまでも待つつもりです」

「そんなことはしなくていい！　大体、エリナが怪我をしたパーティーは、僕とエリナの結婚の前祝いであって、それを今更なしにするなんて、周りにどう言うつもりなんだ⁉」

突然、クズーズ殿下がまともなことを言うので、少し驚いてしまった。けれど、お父様はそんな事では動揺しなかった。

「あなたのお相手がエリナからエイナに代わっただけです。エイナとクズーズ殿下の婚約を祝うパーティーが必要でしたら、私の家が主催で新たに行いますので、ご心配なく」

「そういう意味ではない！」

クズーズ殿下は必死に叫ぶけれど、お父様が気にする様子はなかった。

「エイナ、クズーズ殿下をエントランスホールまで、ご案内しなさい」

「わかりましたわ、お父様！　婚約者の変更を認めていただきありがとうございます！　さぁ、行きましょう。クズーズ殿下！」

エイナは嬉しそうにクズーズ殿下に駆け寄り、自分の腕を殿下の腕に絡ませて頰を寄せ、そして私に笑顔を向けた。

いちいちこっちに自慢しなくても良いんだけど、まあいいわ。

エイナは私がクズーズ殿下を好きだと思っているようだし、あとで自分の選んだ道を後悔すればいいわ。

……そんなことを考えるなんて性格が悪いかしら？

「エリナ、本当に、君は……」

クズーズ殿下はすり寄るエイナには目もくれず、眉尻を下げて私に話しかけてくる。

けれども、私は彼の言葉を遮った。

「クズーズ殿下。今まで本当にありがとうございました。そして、そこまで私のことを考えていただき、嬉しく思います。ですが、私の幸せは、クズーズ殿下がエイナと一緒になることですから、私のことはお気になさらず。では、あとはよろしくお願いいたします」

優雅にカーテシーをした後、私は殿下の横を通り過ぎた。

高揚感のせいか、体の痛みなど気にならなかった。

「どうしてこんなことに……」

クズーズ殿下の呟く声が聞こえたけれど、侍女が私の部屋の扉を開けてくれたので、それを無視して、後ろを振り返ることなく中に入った。

「エリナ、頼むよ！　ちゃんと話がしたい！　このままだと君はアレクと結婚しないといけなくなるんだぞ!?　目を覚ましてくれ！」

殿下の叫びが聞こえた。しかしそれにも返事をしないでいると、エイナが連れていってくれたのか、やがて殿下の声は聞こえなくなった。

第二章

その日の夜、私とクズーズ殿下、エイナとアレク殿下の婚約解消が認められた。

世間には、クズーズ殿下とエイナの強い希望により婚約者を変更することになった、と発表された。

それと同時に、クズーズ殿下とエイナ、アレク殿下と私の婚約が決まり、今後は何があっても、婚約者の変更はなしとすることも決められた。

婚約者の妹と逢瀬《おうせ》を重ねていた王太子と、姉の婚約者と逢瀬《おうせ》を重ねていた公爵令嬢。

アレク殿下やお父様も言っていた通り、それが公《おおやけ》になると国民の王家への不信感にも繋がりかねない。多方面に配慮した形になった。

「ごめんね、エリナ。私、エリナから大事なものを奪ってばっかりね」

エイナとクズーズ殿下の婚約が決まると、次の日の朝から、エイナはうるさかった。

わざわざ部屋に来ることはなかったけれど、食事の際に顔を合わせると、私が何も言わないのをいいことに、泣きながら私に話し続ける。

「そういえば、エリナと仲の良かった男性のお友達も、私と最終的に仲良くなってしまったわよね？」

「その点に関しては感謝しているわ。私にしては珍しく言い寄られていて困っていたの」

「そう？　エリナの役に立てて良かったわ！　あ、あと、エリナ、今度、カフェの予約をしているのよね？　私、あそこに行ってみたいの！　一緒に行っていいわよね？」

「駄目よ」

「……どうして？　今までは一緒に行っていたじゃない！」

それは、これまでエイナがただの無邪気だと思っていたから一緒に行けただけで、今となっては行く気にもならない。

先ほどの話もそうだけれど、エイナは私と仲良くしようとする人がいれば、男性だろうが女性だろうが関係なく、自分のものにしようとする。

そのせいで、私が友人だと思っていた人は離れていってしまった。残ってくれたのは、エイナのことを信じなかった数人だけ。

「エイナとクズーズ殿下の婚約記念パーティーを開こうと思っているの。素敵なドレスを仕立ててもらわないといけないのだけど、時間がないから、今日にでも行ってきてほしいの。お金はいくら払ってもいいから、早く納品してもらってちょうだい」

お母様が私を助けてくれるかのようにエイナに話しかけると、エイナは上機嫌になり、大きく頷いてから、また私を見た。

「エリナはどんなドレスを着るの？　どこのお店？」

店名を言ったら、先にエイナが予約するだろうから、素直に答える気にはなれなかった。

「そうね。考えるわ」

「決まったら教えてね？」

「嫌よ。あなたに教えたら、そのお店に先に予約しようとするんでしょう？」

「エリナって意地悪ね！　まあいいわ。エリナはアレク殿下と出席してくれるのよね？」

「そうよ」

「地味な見た目同士でお似合いね！　あ、こんなことを言っちゃいけないわよね、ごめんなさい！」

エイナはあの時、一瞬だけ見えた本来のアレク殿下のことなんてもう忘れてしまっているみたいで、特に疑問を持つこともなく、とても上機嫌だ。

——アレク殿下とは近い内に会う予定だから、その時に、髪を切ってもらうようにお願いしないといけないわ。

「私はアレク殿下とご一緒できて幸せよ」

そうにこりと笑うと、私の余裕の笑みが気に入らなかったのか、エイナは笑みを引きつらせた。

＊＊＊

「どうしてこんなことになったんだ……」

婚約者の交換が認められてしまい、エイナとの婚約が決まったその日の夜、僕は眠ることができず、自室のベッドの上に座って頭を抱えていた。

エイナに惹かれていたことは嘘ではなかった。見た目が天使のように可愛らしいエイナと結婚できたら、どんなに幸せだろうかと思ったことも、何度かある。

けれど、エリナとの婚約を解消したいと思ったことは、一度もなかった。

――エイナとの逢瀬《おうせ》はスリリングな遊びの一つだったし、アレクへの優越感を満たしたかっただけで、本気じゃなかったんだ。

エイナのことが嫌いなわけではないのだから、本来なら嬉しいはずなのに……

「ああ、そんな……、こんなことになって気づくだなんて」

僕はエリナのことが好きだったのか？　あんなに性格の悪い女性を……？　いや、待てよ。エリナは自分の噂を否定していたじゃないか。

結局、一晩中ぐるぐると後悔しつづけ、この日の僕は一睡もすることができなかった。


数日後、僕は王家直属の騎士団の練習にアレクと共に参加していた。この時のアレクは、長い前髪を紐で結んでいて、兄弟の僕から見ても整った顔を晒《さら》していた。

木刀を使って模擬試合をしていたところ、エイナが鍛錬《たんれん》場に現れた。

「きゃー！　クズーズ殿下、素敵です！」

屋外の鍛錬《たんれん》場にやってくるなりエイナは満面の笑みを浮かべ、模擬試合中の僕に駆け寄ってこようとする。

木刀とはいえ彼女に当たれば大変なことになる。僕はこちらに向かってくるエイナに向かって強い口調で言った。

「悪いが、今は模擬試合中なんだ。危ないから、僕に用事があるなら、鍛錬《たんれん》の時間が終わるまで僕の部屋で待っていてくれないか？」

「……そうなんですか。婚約者を優先するのが普通だと思ってたのに、そうじゃないんですね」

エイナはしゅんと肩を落とした後、ちらりと、僕の対戦相手と、近くにいた騎士団長に視線を送った。

対戦相手は、エイナの流し目に顔を真っ赤にし、動きを止める。エイナの視線と真っ赤な騎士に気がついた騎士団長は苦笑してから、僕に声を掛けてきた。

「殿下、休憩にしましょうか？」

「あ、いや」

断ろうとしたが、エイナが花開くような笑みを浮かべて、僕を見上げる。

「ご迷惑でしたわよね、ごめんなさい。我慢いたしますね。でも、少しでも早く終わってもらえたら嬉しいです。では、皆様ごきげんよう！」

ピンク色のドレスの裾を揺らして踵《きびす》を返すエイナに、騎士団長が声を掛ける。

「エイナ様、休憩にいたしますので、どうぞクズーズ殿下とお話しなさってください」

「良いんですか⁉　なんだか、申し訳ないわ」

騎士団長はやれやれといった様子で笑みを浮かべてから、他の騎士たちと一緒に、僕たちから離れていく。そんな騎士団長に近づき、詫びるような仕草を見せたアレクを見て、苛立ってしまう。

——弟のくせに兄のミスを詫びるだなんて。

「クズーズ殿下！　お会いしたかったです！　お手紙を書いてもお返事はないし、お体の調子が悪いのかなって、心配していたんですよ？」

「そ、そうか……、すまない」

謝りはしたが、本心ではなかった。エイナは手紙を送ってくれるのはいいが、返信を催促《さいそく》してくるから嫌だった。

――エリナは手紙を送ってきても、そんな催促《さいそく》はしなかったのに。

「剣の練習が終わったら、すぐにお返事を書いてくださいね！　お返事待っていますから！」

「いや、この後は仕事があるんだ。だから、返事はしばらく難しい」

「……クズーズ殿下は、私のことを思い出すことってないんですか？」

潤んだ目で見上げてくるエイナに、僕は思わず後退《あとずさ》る。

「思い出すことはあるが、それとこれとは別だろう。眠る前に君のことを思い浮かべて、幸せな気持ちになって眠るんだ」

「では、眠る前にお手紙を書いてください。約束ですよ？　エリナにはしなかったこともしてもらわないと駄目です！」

「……どういうことだ？」

「だって、クズーズ殿下にとって、私はエリナよりも特別な存在でしょう？　それなら、エリナの時よりも、もっと、もっと大事にしてもらわないと、私、不安になっちゃいます！」

そう言って、すり寄ってこようとするエイナが――とても鬱陶《うっとう》しく思えた。

――おかしい。昔はエイナがとても可愛いと思えていたのに、どうしてだ？

この時から僕はエリナとの婚約破棄の原因を作ったエイナが怖くなってきた。

とりあえず、今日は上手いことを言って帰らせよう。

そう思い至った時、外の鍛錬《たんれん》場に近い王城の渡り廊下をエリナと侍女らしき女性が歩いているのが視界に入った。

侍女がエリナに話しかけると、彼女は僕たちがいる方向ではなく、少し離れた場所に向かって、ぎこちない笑みを浮かべて手を振った。

すると、アレクが彼女に駆け寄っていった。会話の内容は全く聞こえてこないが、何か話をし始めたことはわかった。

僕の位置からだとアレクは背を向けていて表情は見えないけれど、エリナの表情がいつもの仏頂面《ぶっちょうづら》ではなく、微笑んだり、驚いたりしているのが見えて、胸がちくりと痛んだ。

――僕には、あんなに優しい顔を見せたことなかったじゃないか！

「ただの嫌がらせのつもりだったのに……」

こんなことになったのは、エイナが僕に近づいてきたからだ。最初は驚いたけれど、アレクへの嫌がらせができると思って、エイナと仲良くなった。

でも、アレクは全く嫉妬《しっと》する様子もなくて、僕的には飽きてきた頃だったんだ。

――それなのにエイナが!!　……そういえばエイナはエリナが彼女のことをいじめていると言っていたが、あの話は本当だったんだろうか？

「なあ、エイナ。君は本当にエリナにいじめられていたのか？　エリナは本当にそんなことをする女性だったんだろうか」

「何を言っているんですか、クズーズ殿下！　私のことを信用していないんですか!?」

「いや、そうじゃない。ただ、僕の前でのエリナは、そういうタイプの人間には見えなかった。どちらかというと、そういうことを嫌うタイプだと思うんだ」

「それは、エリナが殿下の前では良い顔をしているからです」

エイナは頬を膨《ふく》らませる。

昔はこんな顔も可愛いと思っていたのに、今はアレクと話をして微笑んでいるエリナのほうが可愛いと思えてしまうのはなぜだ？

「クズーズ殿下？」

黙ってしまった僕を不思議に思ったのか、エイナが僕の視線の先を追った。

「もしかして、エリナを見ていらっしゃるんですか？」

「あ、いや……エリナには悪いことをしたし、謝らないといけないと思って」

「エリナが悪いことをしたのであって、クズーズ殿下が謝る必要はありません。今日なんて、エリナのワガママのせいで、私まで国王陛下に謝りに行ったんですよ！」

「父上に謝りに？」

「ええ。婚約者を交換して、ご迷惑をかけてしまったから、って！　私が謝ることなんてないのに、お父様は私にも謝れって言うんです」

僕は、自分が思っていた以上に、悪い女に捕まってしまったのかもしれない。

いや、まだ、間に合うんじゃないか？　アレクと僕なら、エリナとの付き合いは僕のほうが長い。僕のほうがエリナのことを知っているし、エイナは王妃に向いてないと言えば、父上も婚約者を戻してくれるかもしれない！

「そうだ、そうしよう！」

目が覚めた。絶対に僕はエリナと結婚するんだ。

そうじゃないと、この国が危ない。エリナには謝ろう。

いや、待てよ。エイナとは体の関係はないんだから、大して謝る必要もないか。とにかく、話をしなければ。

「あの方、アレク様かと思っていたら、アレク様ではなかったんですね？　ちょっと素敵かも」

「……あ、ああ、そうだな」

エイナが何か話しかけてきていたが、僕はエイナの言葉に上の空で相槌を打っただけだった。

＊＊＊

これからの打ち合わせのため、アレク殿下と私の家や城で何度か会った。

その時に前髪を切ることは可能かと聞いてみると、伸ばす必要はなくなったし鬱陶《うっとう》しかったので切る、と言ってくれた。

日にちは過ぎ、パーティーでの怪我の傷も癒えたそんなある日、アレク殿下が王家と繋がりの深いアレンドロ公爵家の夜会に出席することになり、その夜会に私もパートナーとして出席することになった。

パートナーが替わって初めての夜会となるので、確実に注目の的になるはずと気構えていたら、腹が立つことに、クズーズ殿下とエイナも参加すると言い始めた。

王太子殿下からのお願いを公爵家が断れるはずもなく、急遽、私たち四人は夜会で顔を合わせることになってしまった。

「俺たちが出席すると聞いたから、行く気になったんだろう。ここは舐められないようにしないとな。俺が君の足を引っ張るわけにはいかない」

アレク殿下の言葉の意味がわからなかったけれど、その意味を聞けずじまいのまま、夜会の日になった。

私は朝から大忙しだった。

さすがに、腹が立ったんだもの。あれだけ外見が劣っていると言われたら、綺麗になって見返してやりたいと思っても、おかしくないでしょう?

今までの侍女やメイドたちは、中立とはいえ、私を綺麗にしようという意欲はなかった。だけど、今回は違う。

侍女もメイドも入れ替わっただけに、エイナへの対抗意識が強くて、とても頑張ってくれた。

特に筆頭侍女のマーシャは気合いが入っていて、それはもう見違えるほどに私を綺麗に仕上げてくれた。

「お綺麗です、エリナ様！　きっとクズーズ殿下は今日のエリナ様を見て、エリナ様の婚約者ではなくなったことを悔しがられると思います！」

ココが両手を胸の前で組み合わせて、笑顔で言ってくれた。

「ありがとう、ココ。いつもの私よりも優しげだし、自分でも綺麗になったと思うわ。ここまで仕上げてくれて、ありがとう、マーシャ」

お礼を言うと、お母様と年の変わらないマーシャは、柔和な表情を緩めて頭を下げた。

「綺麗な髪ですので、おろしても良いかと思うのですが、今回はイメージを変えるためにシニヨンにいたしました。それから、メイクも柔らかな印象を与えるものにさせていただきました」

「目の周りのメイクが違うだけで、印象が全然違うのね」

姿見の中の私は、いつもよりも優しげで、本当に別人のようだった。

「エイナの様子はどうかしら？」

「まだ時間がかかるかと思われます」

「じゃあ、今のうちに部屋を出ましょう。私の様子を見に来られたらたまらないわ。どうせなら、会場で驚かせたいの」

「承知しました！」

ココは元気良く頷くと先に部屋を出て、誰も廊下にいないことを確認してから、私を外へ案内してくれた。

クズーズ殿下がエイナを迎えに来る時間は把握している。前回のように早くに来られても困るので、予定の二時間前に、アレク殿下が私を迎えに来てくれることになっていた。

今はその二時間前よりもまだ早い時間だけど、時間が近くなってから移動して、エイナにこの格好を屋敷の中で見られるのは困る。

私はいつも黒のドレスを好んで着ていたけれど、今日は違う。アレク殿下が贈ってくれた、薄いピンク色のシュミーズドレスだ。

元々はエイナへのプレゼントだったらしいのだけれど、必要なくなったのでキャンセルすると言うから、私にもらえないかとお願いしたのだ。

すると、そのお店の人を私の家まで呼んで仕立て直してくれて、何とか今日に間に合わせてもらった。

エイナの好むピンク色は、私としては落ち着かないのだけれど、せっかくアレク殿下が用意してくれたものだから、今日の夜会はこのドレスで出席したかった。

今日のことで少し気になるのは、エイナの親衛隊の何人かも、今回の夜会に招待されていることだった。

——まあ、なんとかなるわよね？

屋敷のエントランスホール近くの部屋で待機していると、予定よりも少し早い時間にアレク殿下が迎えに来てくれた。

「悪い、少し早く着きすぎたようだ」

「いいえ。お迎えに来ていただき、ありがとうございます！　それでは馬車の中へ入りましょう」

エントランスホールに現れたアレク殿下を見た私は、失礼だとわかっていながらも、彼を押し出すようにして屋敷の外へ連れ出す。

「どうしたんだ？」

困惑するアレク殿下に、無礼を謝った後に答えた。

「失礼いたしました。何度か素顔を見ている私でも、話しかけられなかったら、誰かわからないくらい素敵でしたので、つい」

「……そうか？　悪い。ちょっと切りすぎたか？」

「いいえ！　とってもお似合いですわ！」

今日のアレク殿下の前髪は、目にかかるか、かからないかくらいの長さで、髪も全体的に整えられているからか清潔感があり、端整な顔立ちがはっきり見えて眩しいくらいだった。

――この人の隣を歩かないといけないなんて……

憂鬱《ゆううつ》に思っていると、向かい側に座ったアレク殿下が私を見て顔を綻ばせた。

「君もいつもとイメージが全然違う。いつもが悪いわけではないが、今日はそうだな……。妖精みたいだな」

「あ、ありがとうございます」

悪魔だと言われることはあっても、妖精だなんて言われたことがなかったから、お世辞だとわかっていても照れてしまう。

私もアレク殿下に何か伝えたかったけれど、殿下は黒の燕尾《えんび》服だから、何と言ったらいいのかわからない。何か良いたとえはないかしら？

すぐには思い浮かばなくて、正直に思ったことを口にすることにした。

「アレク殿下は眩しいくらいに素敵ですわ」

「眩しい？」

「はい。直視できない感じですわ」

「それは、褒めてくれてるのか？」

「もちろんです。素敵すぎて目を合わせて話すのにも苦労しますもの」

「嫌味ではなくて？」

「違います！　私はそんな嫌味は言いませんわ！　……必要な時は言うかもしれませんが……」

私の声が小さくなっていったからか、アレク殿下が笑う。

「そうか。褒めてくれてありがとう」

「こちらこそ、お褒めいただき、ありがとうございました」

「正直に伝えただけだ。さて、先方には早く向かうことは伝えてあるから、もう出発しようか」

「はい」

私が頷くと、アレク殿下は御者《ぎょしゃ》に声を掛けてくれる。そしてゆっくりと馬車が動き出した。

今回の夜会を主催するアレンドロ公爵家は、アレク殿下の側近の方のお家らしく、色々と融通を利かせてくれた。

元々は公爵家のご嫡男《ちゃくなん》、フィカル様がクズーズ殿下の側近だったらしいのだけど、クズーズ殿下に鬱陶《うっとう》しがられてアレク殿下の側近にまわされてしまったらしい。フィカル様は結果的に良かったと言っているみたいだけれど、ご両親は納得いかなかったそうだ。

そんな理由もあり、私とアレク殿下は、かなり早い時間に着いたにもかかわらず、アレンドロ公爵家の人に歓迎してもらい、夜会の会場ではなく本邸に案内されて時間を潰すことになった。

そして、公爵家の皆さんとお話ししていると夜会の開始時間が近づいてきたため、会場に向かうことになった。

まだほとんど人は集まっていないらしいので、先に会場に入り、人混みに紛れてしまおうという思惑もあった。

きっと、エイナたちは私たちを捜すでしょうし、見つけたら何か言ってくるだろうし、ずっと一緒にいるという面倒なことをされかねないので、なるべく見つからないようにしようというのが私とアレク殿下の計画だった。

最初は会場の隅のほうにあるソファ席で話をしていたのだけれど、人が増えてくると、他のソファにも人が座り始めた。

しかも最悪なことに、隣に座ったのはエイナの親衛隊の男たちだった。

同じ学園で何度か同じクラスになったことのある男性二人で、彼らの横にはパートナーらしき女性が座っていた。

すると、親衛隊の一人が大きな声で話し始めた。

「聞いたか？　今日は天使同士と悪魔同士の組み合わせで出席するらしいぞ？」

「というか、婚約者の交換ってびっくりだよな！　でもまぁ、最初から、そのほうがお似合いだと思ってたんだ。エイナ様のような天使には、あんな悪魔みたいな男なんて似合わない。あの男には、性格も見た目も悪魔みたいな、あの女がお似合いだ」

「ちょっと失礼なことを言うのはやめなさいよ！　誰かに聞かれたらどうするの⁉」

「大丈夫だって！　近くに悪魔の二人はいないんだから」

パートナーの女性が窘《たしな》めたけれど、親衛隊の男たちは忠告を聞かず、私たちの悪口を喋り続ける。

「男の悪魔のほうは本当は美形だという噂があるけど、絶対に嘘だって。エイナ様に捨てられたくないから、不細工な顔を隠してるんだ」

「女のほうも、あの天使のようなエイナ様をいじめるなんて許せない。しかも、エイナ様は悪魔を責めないでくれって言うんだ。本当に性格も天使だよな？」

「クズーズ殿下なら、あんな男より幸せにしてくださるだろうし、良かったよ」

私の悪口だけならまだしも、王族であるアレク殿下への悪口は聞き捨てならない。彼らに忠告するべく立ち上がろうとすると、私と同じように黙って聞いていたアレク殿下が私を止めた。

「俺が行く」

「ですが……」

「じゃあ、一緒に行くか」

そう言ってアレク殿下が立ち上がり彼らに近づいたので、私も追う。彼らも近づいてくる私たちに気がついたのか、会話するのを止めて私たちを見てくる。

アレク殿下は怪訝《けげん》そうな四人に話しかけた。

「さっきから好き勝手言ってくれているようだが、俺のことはまだしも、エリナ嬢については納得がいかない」

「私はアレク殿下の件について納得いきませんわ」

「え？　どういうことでしょうか？　お二人とも、あの悪魔たちのお知り合いか何かですか？」

「何をふざけたことを言っている」

アレク殿下が冷たい声で言うと、聞いてきた男が困惑の表情を浮かべた。

もしかして彼らは、私たちが本人だと気づいていないの？

「あ、あの、もしかして？」

女性のほうが私を見て立ち上がって聞いてくる。

「モドゥルス公爵家のエリナ様でしょうか？　この度は私のパートナーが大変無礼な発言をしてしまい、申し訳ございません」

深々と頭を下げる彼女に、私は微笑みを向ける。

「私のことはかまわないわ。けれど、アレク殿下への発言は許すことができないわ」

そう答えてから、アレク殿下に視線を向けると、彼は眉根を寄せた。

「エリナ嬢が彼女への無礼な発言を許しても、俺は許さないし、俺への発言も野放しにして対応が甘いと舐められても困るから適切に対処する。というわけで、名前を教えろ。喧嘩を売ってきたのはそっちだ。お前たちは俺たちの名前を知っているんだから、言うのが筋だろ」

「ま、まさか、あなたは、アレク殿下？」

「そうだが？」

胸の前で腕を組み鋭い視線を投げるアレク殿下に、親衛隊の二人の顔色は一瞬にして真っ青になる。そして、すぐにソファから立ち上がると床に額をつけて、アレク殿下に向かって何度も何度も謝り始めた。

それでも、アレク殿下は許さなかった。

「俺たちの悪口を言うのは勝手だが、ここは公《おおやけ》の場だぞ。周りに人がいるのに、好き勝手喋っていいもんじゃない。特にお前たちの発言は不敬罪にもなるんだぞ。どうなるかわかっての発言なのか？」

「申し訳ございませんでした！　二度と言いません！　反省しております！　ですから、何卒、お許しください！」

「相手が子供なら許してやっていたかもしれないが、お前らはそうじゃないだろう？」

「申し訳ございません！　助けてください！　助けてください！」

男性たちが泣き叫ぶため、周りの視線がこちらに集まり始めた。

「アレク殿下、場所を変えたほうがよろしいのでは？」

「……そうだな」

アレク殿下が周りを見回すと、彼の意図に気がついたのかフィカル様が現れ、男性二人に話しかける。

「詳しい話は別の場所で聞くことにします」

フィカル様は、近くにいた使用人に会場の外にいる騎士を呼びに行かせた後、アレク殿下に尋ねた。

「一体、何があったのです？」

「婚約者の悪口を言われて黙っているというわけにはいかないだろう？　それから、俺のことも好き勝手大声で言ってくれていたしな。舐められない程度に痛い目に遭わせてくれ。もちろん、暴力ではないやつでな」

「承知いたしました。そういうタイプは暴力では効果がありませんからね」

フィカル様はアレク殿下の言葉に頷いた後、やってきた騎士に、男性二人を会場の外へ連れていくように指示をした。そして、パートナーが連れていかれ呆然としている女性たちに声を掛ける。

「あなた方はどうしますか？」

「わた、わた、私たちはっ」

パートナーが連れていかれたショックもあってか、女性たちは身を寄せ合って涙を流している。

さすがに気の毒だと思い、私は彼女たちとフィカル様の間に入った。

「彼女たちは私たちについて何も言っていません。それに、パートナーの言葉を窘《たしな》めようとしてくれておりましたし、同調もしておりませんでしたので、自由にさせてあげてもらえませんか？」

「……アレク殿下のご意見は？」

フィカル様は困った顔をした後、アレク殿下を見た。その視線を受けて、アレク殿下は小さく息を吐いた。

「エリナ嬢が言ったように、彼女たちは何も言ってはいないし窘《たしな》めていた。それに、泣いている女性に対して、もっと追い詰めることを言うつもりはない」

「承知いたしました」

フィカル様は頷くと、女性二人を促して、会場の外に出ていった。フィカル様たちの姿が見えなくなった後、私は大きく息を吐いてからアレク殿下に話しかける。

「夜会が始まる前から、大変なことになりましたわね」

「そうだな。君は大丈夫か？」

「ご心配いただき、ありがとうございます。今のところ、アレク殿下を悪く言った彼らへの怒りのほうが勝っていますから、お気になさらないで」

「俺は君のことを悪魔だという奴らの神経がわからない。本来の悪魔は、兄上のような人のことを言うのだろう？」

「元々は私たちのことを外見だけで天使と悪魔だと言い始めたようですが、いつの間にか私の性格や存在自体が悪と言うことになったのでしょうね。もちろん、私の場合はエイナが私を悪く言っていたからだと思いますが」

「人は自分で真実を確かめようとはしないんだろうか」

「都合の良いものだけを見たい時もありますわ。今までは私のことをよく知らない相手に悪口を言われたら、その方の神経を疑ってしまって、話す気もなくなっていましたの。ですが、気にしていないふりをすることで余計に酷くなった気もします。こういう時ははっきり否定しないといけないのでしょうね」

真面目な話をしていると、ひそひそと話す声が耳に入ってきた。

「あの美しい女性は誰だ？　初めて見るんだが？」

「それを言ったら、隣にいる男性もよ！　あんなに素敵な方、今まで夜会に出席されていたら気づかないはずがないわ！」

そんな声があちらこちらから聞こえてきて、やはり、第一印象となる見た目は大事なのだなと、今更ながらに思い知らされた。

「君のことを褒めているな」

「それを言いましたら、アレク殿下も褒められていますわ」

顔を見合わせて苦笑すると、アレク殿下がギャラリーに向かって名乗る。

「俺はトールド王国の第二王子のアレクで、こちらは、モドゥルス公爵令嬢のエリナ嬢だ。今日は俺たちと初めましてという人間ばかりの夜会だったか？」

アレク殿下の言葉に、ギャラリーたちは驚いた表情を浮かべた。

まさか、私たちだなんて、想像もしていなかったみたい。

とはいえ、アレク殿下ははっきりと顔を見せてはいなかったから驚かれるのはわかるけれど、私までこれほど驚かれると、ちょっとショックだわ。

アレク殿下の場合は、外見だけで悪魔だと言われていたのだから、これで悪いイメージは払拭《ふっしょく》できるはず。

私も頑張ってギャラリーに向かって、にこりと微笑んでみた。

すると、思った以上に反応が良く、見たことはあるけれど、一度も話をしたことのない令嬢たちから、挨拶だけじゃなく、話しかけてもらえた。

少しの間、その令嬢たちと話をしていると、途端に会場内が騒がしくなった。

特に会場の入り口のほうが騒がしく、令嬢たちとの会話を止めて、そちらに目をやった。

「お出ましだ」

アレク殿下が私に近寄ってきて言う。

「エイナとクズーズ殿下ですか？」

「ああ。兄上とエイナ嬢が君を見て、どんな顔をするのか楽しみだな」

「それはこちらの台詞《せりふ》ですわ。クズーズ殿下はアレク殿下の素顔を知っていらっしゃるでしょうけれど、エイナは忘れていますから」

話をしている間に夜会は始まり、私とアレク殿下は先ほどまで話をしていた令嬢や令息たちと別れ、落ち着いた頃合いでアレンドロ公爵に挨拶をしに行くことにした。

挨拶を終えると、近くにいた白髪がとても綺麗なアレンドロ公爵のお母様から話しかけられた。

「あなたのことを悪く言う人を知っていますけれど、友人たちには、そんな人ではないとお伝えするわね。悪く言っている人に直接言いたいのは山々なのだけれど、彼らは人の話を聞かないのよ。だけど、その人のことを周りは良く思っていないから、私の話を聞いたら、あなたの噂が意図的に作られたものだとわかってくれると思うわ。元々、疑ってもいたしね」

「あの、よろしければ、私の噂というものが、どんなものかお聞かせ願えますか？」

「かまわないけれど、あなたにとって気分の良い話ではないわよ？　大体、噂の出どころは、あなたの妹さんのようだし」

「ええ、かまいません」

頷くと、公爵のお母様は、少し遠慮しながらも、私の噂についてお話ししてくれた。

お父様が言っていた通り、エイナは、姉妹で喧嘩した時の話などを自分の都合の良いようにしか言っておらず、私がワガママで、エイナがそれを我慢していると言っていたようだった。

くだらないと言えばくだらないのだけれど、エイナの私に対する対抗心を強く感じた。どうしてエイナが私に対して、そんなにも対抗心を燃やすのかが全くわからない。

公爵のお母様と別れ、アレク殿下が他の方と話をしているので、私は近くにいたボーイに飲み物を頼もうとした――その時だった。

「エリナ!?」

声が聞こえて振り返ると、クズーズ殿下が目を瞠《みは》って私を見ていた。

紺色のタキシード姿の彼の右腕には、ピンク色のプリンセスラインのドレスを着たエイナが、自分の腕を巻き付かせている。

「クズーズ殿下、ごきげんよう」

余裕の笑みを浮かべて挨拶すると、クズーズ殿下は私に少しずつ近づいてくる。

「その、今日は、全然、イメージが違うじゃないか」

「ええ。アレク殿下が用意してくださいましたの。そういえば、クズーズ殿下と婚約していた時は、ドレスだけでなく、プレゼントは何一つ贈ってもらったことはございませんでしたわね？」

「そ、それは……！」

私にプレゼントするための予算があったのは、フィカル様から聞いて初めて知った。そして、クズーズ殿下がその予算を、私には使わずに自分の趣味や服などに充てていたことも。

「エリナだから渡さなかったんですよね？　私にはくださいますよね？」

エイナがクズーズ殿下の腕に頬を寄せながら尋ねると、クズーズ殿下は頷く。

「そ、それはもちろんだが、でも、その、エリナ、本当に、今日の君は綺麗だ」

「ありがとうございます。婚約者がアレク殿下になったからかもしれませんわね？」

嫌味を返すと、クズーズ殿下は少しだけ傷ついた顔になった。

私が悪者みたいに見えるから、そういう表情はやめてほしいわ。

「兄上とエイナ嬢も来ていたのか」

その時、後ろからアレク殿下が現れて、親密さをアピールするためか優しく私の肩を抱いてくれた。

これに関しては打ち合わせ済みなので、動揺はしない。

……いえ、動揺はしている。

だって、こんなことをされるだなんて、初めてなんだもの。

「えっと、どちら様、でしょうか？」

エイナが小首を傾げて、アレク殿下に尋ねる。彼女の目はとろんとしていて、アレク殿下に見惚

れているように見えた。

「俺はアレクだが？」

「……はい？」

「アレクだよ。君の元婚約者だ」

「そ、そんな、嘘!! そんなにカッコいいなら、もっと早く言ってくださいよ！」

大声で叫んだエイナに、アレク殿下が呆れた表情で尋ねる。

「エイナ嬢、君は何を言っているんだ？」

「だ、だって、アレク殿下はいつも、髪で顔を隠していたじゃないですか！ そんなに素敵だったなら隠す必要なんてなかったのでは!?」

「それは君が俺のパートナーとして、夜会に出席してくれなかったからだ。俺なりの女性除けだった」

「そんな！ 私の前でも、あんな格好をしていたじゃないですか！」

「君の前で、って、君と二人きりで会った覚えがないんだが？」

アレク殿下は、目を伏せてこめかみを押さえる。

エイナが疑問に思うのもわかる気はする。二人きりではないと言えども、エイナと何度も会っているはずなのに、どうして素顔を見せようとしなかったのかしら？

今更ながら、アレク殿下の言葉にひっかかりを覚えて、彼を見上げて尋ねてしまった。

「お話に割って入ってしまい申し訳ございませんが、エイナと二人で、お話をされたことは本当にないのですか？」

「何度かあるが、確かカフェでだったと記憶している」

「外なので冴えない格好をされていた、ということですか？」

「周りは俺のことを悪魔だと言っているようだし、ご要望に応えた形だ」

アレク殿下は口元に笑みを浮かべてそう答えた。

「そんな！　詐欺じゃないですか！」

叫んだエイナに私が言葉を返す。

「詐欺とかいう問題ではないでしょう？　エイナ、婚約者は顔で選ぶものではないのよ？　それに、元々はあなたが原因なんだから」

「そ、そんなことは言われなくてもわかっているわよ！　というかエリナ、あなた、このことを知っていたわね？」

「あら。何を言っているの？　あなただって知っていたはずよ。小さい頃からアレク殿下とは何度もお会いしているし、その時のアレク殿下を思い出せばわかることでしょう？」

「そんなの覚えていないわ！　どうして言ってくれなかったの!?」

「言う必要はなかったでしょう？　アレク殿下は元々、あなたの婚約者だったのよ？」

「それは、そうかもしれないけれど、婚約――」

エイナがそこまで言ったところで、私だけではなく、アレク殿下とクズーズ殿下も彼女の言葉をかき消すように叫ぶ。

「エイナ、いい加減にしなさい！」

「やめろ！」

「エイナ、やめてくれ！」

エイナは婚約破棄であることを内密にするということを忘れてしまっているみたいだった。

「――っ！」

私たちに言われてエイナも気がついたみたいで、口元に手を当てて、周りを見回す。

私も同じように見回すと、やはり、私たちに視線が集まらないわけはなく、チラチラとこちらを盗み見ている人が多くいることがわかった。

「あなたとクズーズ殿下が愛し合っていると聞いたから、私とアレク殿下はあなたたちが婚約すれば良いと思ったのよ？　それなのに何なの？　あなたのクズーズ殿下への愛はそんなに簡単に消えるものだったの？」

「そ、そういうわけではないわ！　ただ……」

口ごもりながらエイナはちらりとクズーズ殿下のほうを見やる。けれど、彼は私のほうを見ていて、彼女の視線には気がついていないようだった。

「もう、いいだろう。エリナ嬢、動けるようになったとはいえ疲れてきただろう？　挨拶をしてももう帰ろうか」

「お気遣いありがとうございます。では、クズーズ殿下、失礼いたしますわ。エイナをよろしくお願いいたしますね？」

一礼してから歩き出そうとすると、クズーズ殿下に右腕を掴まれた。

「待ってくれ、エリナ。君と、もう一度話すチャンスをくれないか」

「クズーズ殿下、手をお離しください」

「兄上、いい加減にしてくれ。もうエリナ嬢はあなたの婚約者じゃない」

アレク殿下が、クズーズ殿下の手首を掴むと「痛い！」と叫んで、私の腕から手を離してくれた。

すると、アレク殿下はクズーズ殿下を一瞥《いちべつ》もせず、心配そうに私の腕に触れた。

「大丈夫か？」

「大丈夫です。助けていただき、ありがとうございます」

「エリナ、聞いてほしい。謝って許してもらえるなら、何度でも謝るから話をしたいんだ」

クズーズ殿下は情けない声で、私に向かって言う。

この人は何を言っているのかしら？　謝ったら何でも許してもらえると思っているの？　もちろん、許してあげてもいいパターンもあるでしょうけれど、今回は違うわ。

「クズーズ殿下、私は謝罪なんてほしくありませんわ。何度も申し上げておりますように、エイナとクズーズ殿下の幸せを願っております。ねぇ、エイナ。あなたとクズーズ殿下は愛し合っているのよね？」

「そ、それは、そうだけれど」

「それなら良かったわ。クズーズ殿下、私のことはお忘れください。お優しい殿下は婚約者の交換を申し訳なく思ってくださっているようですが、私は気にしておりません。それに、アレク殿下は、とても優しくしてくださいます。正直にエイナとの愛を打ち明けてくださり、本当にありがとうございました」

「エ、エリナ」

深々と頭を下げた私に、クズーズ殿下は何か言おうとしたけれど、アレク殿下が私に手を差し伸べる。

「エリナ嬢、今度こそ行こう」

「ええ」

白手袋をはめた彼の手に、紺色のパーティーグローブをはめた自分の手を重ねると、アレク殿下はその手を優しく握って、はにかんだ。

今まで、エイナ以外の女性と関わろうとしなかったせいか、こういうことは慣れていないみたい。

この反応は、私には好印象だった。

「エリナ、頼む。話を聞いてくれ」

「気にしなくていい、行こう」

クズーズ殿下が食い下がってきたけれど、アレク殿下が私を促して歩き出す。だから、私も踵《きびす》を返し、振り返らずに歩き出した。

周りの視線が二手に分かれるのがわかった。私たちを追うか、それともエイナたちか、どちらにするか考えているのかもしれない。

「エリナ！　答えてくれ！　知っていたのか!?　アレクのことを！」

「アレク殿下、質問にだけ答えますわ」

騒ぐクズーズ殿下に、アレク殿下は歩みは止めずに左手でこめかみを押さえ、大きなため息をつく。

けれど私がそう言うと、アレク殿下は手を離してくれた。そして、私は振り返った。

「クズーズ殿下。思い出していただければわかるかと思いますが、将来、お二人の婚約者になるかもしれないということで、幼い頃から私とエイナはお二人にお会いしていましたわよね？　その時のアレク殿下のことを覚えていないのは、おかしいでしょう？　それに、クズーズ殿下とエイナが愛し合っているから、婚約者の交換になったわけです。何度も同じことを聞いてくるのはやめていただけないでしょうか」

「エリナ、本当に悪かったよ！　だから――」

「クズーズ殿下！」

何か言おうとしたクズーズ殿下の腕を、エイナが掴み、目を潤ませて彼を見上げた。

「どうして、エリナに謝らないといけないんですか？　悪いのはエリナじゃないですか！」

「エリナは悪くないだろう!?」

「そんなことありません！　エリナがクズーズ殿下を寂しくさせたからいけないんです！」

エイナがクズーズ殿下の腕に自分の顔を押しつけながら叫ぶ。

あの子、わりと化粧が濃いから、ファンデーションが服についたりしないかしら？

なんて、どうでもいいことを考えてしまったけれど、すぐに我に返って、今度はエイナに顔を向ける。

「それを言うなら、エイナ。あなたはアレク殿下のお誘いを断ってばかりだったそうね？　アレク殿下はあなたのせいで、もっと寂しい思いをしていらしたんじゃないかしら？」

「そ、それは、しょうがないじゃない！　エリナは一人で夜会に出席したくなかったんでしょう？」

「エイナ、私はクズーズ殿下と一緒に出席していたのよ？　一人で出席していたわけではないわ」

ここまで言って、本来ならもっと先に暴露《ばくろ》しようと思っていた話を、ここで言ってしまおうか迷う。

エイナが否定したら、私は嘘つきになってしまう。そんな不安がよぎったけれど振り払う。

――いいえ。不利な状況になったとしても、私が有利に立てるように持っていくわ。

「それが、どうしたの？」

考えている間、黙り込んでしまったからか、エイナが訝《いぶか》しげな顔で聞いてきた。

「気になったのだけど、私が階段から落ちた時、あなたとクズーズ殿下は一緒にいたのよね？」

「そ、そんなことはないわ。ねぇ、クズーズ殿下？」

「そうだ。言いがかりをつけるな」

エイナとクズーズ殿下はわかりやすく狼狽《ろうばい》した様子を見せてくれた。

そこにアレク殿下の追撃が入る。

「言いがかりではないでしょう。最近、兄上の側近が俺の側近になりましたが、その彼は、エリナ嬢と同じことを言っていました。疑うのでしたら、本人がこの場にいますから、証言してもらっても良いでしょう」

「そ、そんなことはしなくていい！　大体、その話は！」

逢瀬《おうせ》のことは話してはいけないというのでしょうけれど、私が階段から落ちた時に、クズーズ殿下とエイナが一緒にいたということは、もうすでに知れ渡っていることだ。

だから、今更、隠す必要はない。

「ねぇ、エイナ、もしかして、あなた、嘘をついていない？」

「どういうこと？」

「本当に私は階段から躓《つまず》いて落ちたのかしら？　なぜそう思うかと言うとね、最近、あの時の夢を見るのよ。だけど、もしかしたら、それは夢なんかじゃなくて、現実に起きたことだったんじゃないかって思って……」

「そんなの、私は知らないわ……」

エイナは聞き取りづらいほどの小さな声で答えてから、首を横に振る。

「あのね、夢での私はあなたに階段から」

「私じゃない！」

「わかってるわよ、エイナ。最後まで聞いてほしいの」

「私じゃないわ！　私があなたの背中を押すわけないじゃない！　押したのは絶対に私じゃない！」

「――エイナ嬢」

声を上げたエイナに、アレク殿下が詰め寄る。

「さっきの発言は、どういうことだ？」

「……え？」

「君の発言をもう一度聞かせてほしい。何が、私じゃない、と？」

「ですから、エリナの背中を押したのは私じゃ……」

そこまで言って、エイナは自分の失言に気がついたようだった。

「君たちは俺の言葉を否定し、エリナ嬢は躓《つまず》いて階段から落ちたと言っていたよな？」

アレク殿下の言葉に、エイナだけではなく、クズーズ殿下までもが苦虫を噛み潰したような顔になった。

＊＊＊

——やってしまったわ！

本来なら、笑いものになっているはずのエリナとアレク殿下を慰めるふりをして、心の中で笑ってやるつもりだったのに、二人はまるで別人のように魅力的になっていた。

そして、クズーズ殿下までもがエリナに見惚れていたから、つい苛立って余計なことを言ってしまった。

「違うんです！」

周りに聞こえるように、アレク殿下に向かって叫ぶ。

「し、使用人に脅《おど》されたんです！」

「使用人に？」

眉根を寄せて聞き返してきたアレク殿下に頷く。

「そうなんです！　私は、あの時、私のメイドがエリナを突き落としたのを見たんです！　最初はびっくりして、怖くって……。だって、エリナが死んでしまったと思ったからです。でも、エリナが助かったと聞いて、お父様にメイドの話をしようとしたんです！　そうしたら、メイドから、それを公《おおやけ》にしたら、私を酷い目に遭わせるって言われたんです！　本当に本当に怖かった！」

顔を両手で覆い泣き真似《まね》をしながら言うと、エリナの大きなため息が聞こえた。そのため息はエリナが呆れた時につくものと同じだった。

——エリナは私を馬鹿にしているのね！　でも、エリナを突き落としたのは私じゃない。だから、これは嘘ではないわ。

ざわつくギャラリーを指の隙間から覗き見ると、皆が私のほうを見ていた。

「うっ、うっ」

泣き真似《まね》をしながら考える。

下手なことを言うと、私のイメージが崩れてしまう。

ああ、どうして私がこんな目に遭わないといけないの？　私は何も悪くないのに！　とにかく、ここから早く逃げたい！

「エイナ。メイドに脅《おど》されたからって、嘘をつかないといけない理由がわからないわ。あなたはメイドに弱みでも握られているの？　殺すと脅《おど》されていたとしても、お父様と二人きりの時に、その話をすれば、お父様は何とかしてくださったはずよ」

エリナからそう言われ、ゆっくりと顔から両手を離し、笑顔を作ってから首を横に振る。

「そんなわけないじゃない。その時はクララに脅《おど》されてびっくりして何も言えなくなってしまったの。その後に、とっても後悔したわ。だけど、クズーズ殿下も犯人は使用人じゃないって言うから、嘘だって言えなくなってしまったの。今まで言えなくてごめんなさいね？」

「僕のせいにしないでくれ！　君たちが自分たちじゃないと言うからだ！　エイナの発言だから信じたんだぞ⁉」

「そんな！　見てもいないのに、私たちの証言だけで、あんな嘘をつかれたんですか⁉」

私が言い返すと、エリナとアレク殿下が同時にため息をついた。二人は顔を見合わせた後、エリナは私に、アレク殿下はクズーズ殿下に視線を向けた。

「エイナ、あなたは今日は特に頭が混乱しているようね。家に帰ってから、お父様にさっき話した内容を伝えてちょうだい。これだけの人が聞いているのだから、さっき話したことが嘘だったとは言わないわよね？」

「兄上、先に城にお戻りください。そして、陛下にその旨の報告をお願いいたします」

私とクズーズ殿下は顔を見合わせ頷き合うと、それぞれ言葉を返す。

「わかったわ。今日はもう帰ることにするわ。エリナは夜会を楽しんでね。あと、お騒がせしてしまったことをアレンドロ公爵に謝っておいてもらえる？」

「わかったわ」

「アレク、お前の言う通りにすればいいんだろう！　ただ、僕は嘘をついたんじゃないからな！　だから、犯人隠避《いんぴ》にはならない！」

「とにかく事実を話してください」

アレク殿下が冷たく言うと、クズーズ殿下は舌打ちをしてから、名残惜しげにエレナを見た後、私を置いて踵《きびす》を返した。

私も道を開けてくれる人たちに笑顔を振りまきつつ、何とか会場の外に出た。そして、二人で同じ馬車に乗り込むと、馬車が走り出してからすぐに、クズーズ殿下が私を責め始めた。

「エイナ、一体、どういうことなんだ？　君のせいで僕が嘘をついていることになるじゃないか！」

「酷いです！　どうして私のせいなんですか⁉」

被害者はこっちだわ！　アレク殿下があんなに素敵だって、最初から言ってくだされば良かったのに！

もしかしたら、アレク殿下はシャイなのかしら？　だから、あんな風に顔を隠していたということ？

「君が言い出したからだ！　おい、エイナ、聞いているのか⁉」

「……大丈夫ですわ、クズーズ殿下。全てメイドが悪いんです。クズーズ殿下が責められることはありませんから、ご心配なく」

「本当か？」

心配そうに聞いてくるクズーズ殿下に、ため息をつきたくなるのをこらえた。

アレク殿下を見た後だと、クズーズ殿下が霞《かす》んでしまうわ。あの、アレク殿下のミステリアスな感じが素敵だった。

「本当に好きだったのに……」

クズーズ殿下のこと、本当に好きだったわ。だけど、今はアレク殿下のことしか考えられない！

そうよ。元々はエリナからクズーズ殿下を奪いたかっただけ。悲しむエリナを見たかっただけなのに、どうして、私が負けたみたいになってるの!?

「おい、エイナ！　本当に大丈夫なんだろうな!?」

クズーズ殿下から色々と問い詰められたけれど、泣き真似《まね》をしてやり過ごした。そして、家に帰り着くと、クズーズ殿下への別れの挨拶もそこそこに、馬車から飛び降りるようにしてポーチに降り立ち、出迎えてくれた使用人に尋ねる。

「お父様はどこにいらっしゃるの？」

「旦那様なら、まだ自室にいらっしゃるかと思いますが」

「そう！　ありがとう！」

苛立ってはいたけど、使用人たちから天使の微笑みと絶賛されている笑みは絶やさずにお礼を言ってから、お父様の自室へ向かった。

双子だけど、私は妹なのだから、姉のものを奪ってもいいはず。姉なんだから妹のために我慢すべきだわ！

お父様の部屋の前で立ち止まり、ノックをすると、すぐに返事が聞こえたので中に入る。

お父様は自分の部屋にも仕事を持ち込んでいるようで、書類に目を向けて難しい顔をしていた。

「お父様、聞いてください！　エリナが酷いんです！」

「エリナが？　何かあったのか？」

「そうなんです！　今日、クズーズ殿下と一緒に夜会に行ったんですが、エリナはアレク殿下と一緒に来ていたんです！」

「それがどうしたんだ？」

「どうしたもこうしたもないんです、お父様！　アレク殿下が見違えるように素敵な男性になっていたんです！　エリナはそれを知っていて、私への意地悪で婚約者の交換をしたんですわ！」

普段なら、私の言うことに対して理解を示してくれるお父様だから、今回もわかってくれるはず。

なのに、お父様は読んでいた書類を机の上に置くと、小さく息を吐いて、厳しい視線を向けてきた。

「アレク殿下が見違えるように素敵になっていたことが、どうしてエリナの意地悪になるんだ？」

「どうして、って、知っていたのに教えてくれなかったんですよ？」

「それをいじめだと言うのであれば、私もそうなるが？」

「え？　ど、どういうことですか？　お父様は、知っておられたのですか？」

「城にいる人間や、城を行き来したことのある人間は皆知っているだろう。クズーズ殿下だって知らないわけがない」

お父様はこめかみに指を当てて首を横に振った。

「そ、そんなっ。どうして私だけ知らないんですか!?」

「それはこちらの台詞《せりふ》だ。アレク殿下と何度か会っていたのなら、知っていてもおかしくないだろう？」

「だって、アレク殿下は、私にそんな姿を見せてはくれませんでした！」

「エイナ、それはお前だからだよ」

「え？　どういう意味ですか？」

お父様に問いかけたけれど、厳しい目を向けてくるだけで答えを教えてはくれなかった。

お父様が怖い。どうして？　今まで、こんな顔をされたことなかったのに！　厳しくするとは言われていたけど、本当だったの⁉

「お父様、話したいことがもう一つあります」

ショックを受けたことで、さっきまですっかり頭の中から忘れ去っていた話を思い出して、それを口にすることにした。

「ごめんなさい、お父様。私、クララに脅《おど》されていて言えなかったんですが、エリナが階段から落ちたのは、本当はクララがエリナの背中を押したからです。脅《おど》されたから怖くて言えなくて！　本当にごめんなさい」

泣きながら言うと、お父様は大きなため息をついたのだった。

＊＊＊

エイナたちが会場を出ていくのを見送った後、私とアレク殿下が周りを見回すと、皆、何ごともなかったかのようなふりをして、各々が止めていた動きを再開した。

注目を浴びることをしたのは私たちだし、見られていたことについてはしょうがないわ。それに、多くの人に聞いてもらいたかったし。

夜会を台無しにしてしまったかもしれないから、アレンドロ公爵に謝りに行かないと。

そう思ったのはアレク殿下も同じだったようで、少し疲れた様子で私に話しかけてきた。

「疲れているところ悪いが、やはりここは騒がしくしたことを、アレンドロ公爵に詫びに行くべきだと思う」

「そうですね」

「いいえ、その必要はございませんよ」

振り向くと、先ほどお会いしたアレンドロ公爵がシルバーブロンドのストレートの短髪を揺らして笑顔で近づいてきた。

そして、アレク殿下と私に向かって、小声で話し始めた。

「面白いものを見せてもらいました。ですが、あのお二人で大丈夫なんでしょうか？」

含みのある質問の意味に気がついた私たちは、答えることができずに苦笑してしまった。

大丈夫だなんて思ってない、なんて言えるはずがないわ。それに、大丈夫だと答えるのは無責任すぎるもの。

「アレク殿下は国を捨てるおつもりですか？」

続いたアレンドロ公爵の言葉に驚いて、思わずアレク殿下の顔を見ると、アレク殿下は苦笑しながら口を開いた。

「家族は捨てるかもしれないが、国民や国を捨てるつもりはない」

「……そうですか」

「今日は騒がしくしてすまなかったな。悪いが、もうそろそろ帰らせてもらう」

アレンドロ公爵はアレク殿下の返事に安堵のため息をつき、深々と頭を下げた。

「とんでもございません。殿下には息子がお世話になっておりますし、次期国王陛下と王妃陛下がどんな方か、よく知ることのできる機会をいただき、ありがとうございました」

「本日はお招きいただき、ありがとうございました」

「いいえ。こちらこそご参加いただき、ありがとうございました」

私の言葉を聞いて、アレンドロ公爵は穏やかな笑みを見せた後、私とアレク殿下に一礼して去っていった。その背中を見送った後、アレク殿下に尋ねる。

「アレク殿下、家族を捨てるというのはどういうことでしょう？　私と結婚した場合は家族になるわけですが、私のことも捨てるということでしょうか？」

「誤解させるような発言をしてしまったな。エリナ嬢のことじゃない。そのことについて君にはちゃんと話をしたいと思っている。ここでは、さすがに話せないが」

「気になるじゃありませんか」

「では、帰りの馬車の中で話をしよう」

アレク殿下は私を宥《なだ》めるように優しい表情で言った。

「命に関わる話ではないですわよね？」

「君の命に関わる問題ではないと思う」

「そんなことを言われたら、余計に気になってきました」

「では、もう帰ろうか。兄上のことも気になるしな」

「そう言われたら、私もエイナがちゃんとお父様に話をするのか、心配になってきましたわ」

エイナのことだから、自分の都合の良いように話すでしょうし、お父様には私からも確認しなくちゃいけないわ。それに、エイナはクララのことをどうするつもりなのかしら？

考え始めると、エイナたちのことが気になってきた。

「殿下、では行きましょうか？」

「ああ。そうしようか」

私はアレク殿下を促して、会場の外に出て馬車に乗る。

その後、アレク殿下が考えている今後の話を聞かせてもらったのだけれど、それについては、私も反対するつもりはなかった。

けれど、彼がそこまで考えるほど、クズーズ殿下や国王陛下たちのことで傷つき憂《うれ》えているとは思っていなかった。そしてそんな大事な話を、婚約者だからとはいえ私にしてくれたことは、信用してもらっているみたいで嬉しかった。

アレク殿下には、自分もできる限りのことをすると伝えると、微笑んで頷いてくれたけれど、まずは、エイナとクズーズ殿下の問題を片付けてからにしようと言われてしまった。

「今日の兄上は、エリナ嬢に未練があるといった感じだったな」

「自分で言うのもなんですが、今日の私は今までの私とは違いますもの。柔らかい表情を心がけるようにしておりましたから、クズーズ殿下には別人のように見えたのでしょうね」

「少しはスッキリしたか？」

「エイナが悔しがる表情を見られたほうが、スッキリしましたわ。正直、クズーズ殿下に褒められても嬉しくありません。でも、あれだけ外見を馬鹿にされていましたから、スッキリしていないと言うと嘘になりますわね。ああやって追いすがられるのは迷惑ですけれど」

「まあ、そうだよな。今まで見向きもしなかったくせに、手のひらを返されると、そう思いたくなる気持ちはわかる」

アレク殿下は頷いた後、表情を引き締めた。

「君の妹のことを悪く言うのもなんだが、今回の件で何かしてくる可能性もある。同じ家に住んでいるのだから気を付けてくれ」

「ご心配いただきありがとうございます。ですが、それはアレク殿下も同じことですわ」

「俺と兄上の部屋は離れているし、俺の部屋の近くに兄上が関わるような部屋はない。使用人には、もし、兄上が俺の部屋の近くを歩いているのを見かけたら、俺か側近に伝えるように言ってあるから大丈夫だ」

「私の場合は隣の部屋ですから、十分、気を付けますわ」

話を続けている内に、馬車は私の家に辿《たど》り着いた。アレク殿下と別れた後、屋敷の中に入ると、年配の執事が慌てて近寄ってきた。

「おかえりなさいませ、エリナお嬢様。現在、エイナお嬢様が旦那様とお話し中です」

「ありがとう。話をしなさいと私が言ったから、その件については知っているわ」

「では、エリナお嬢様がクララの手によって階段から突き落とされたことも、知っておられるのですか？」

「ええ。夜会の会場でエイナが教えてくれたの。クララに脅《おど》されたとか何とか、馬鹿なことを言っていたけれど正気かしら」

「その件で今、大変なことになっておるのです」

「……どういうこと？」

言葉の端々に不穏な気配を感じ取り、私は執事と一緒に急いでお父様の部屋に向かうと、クララの叫び声が廊下にまで聞こえてきた。

「エイナ様！　どうして、そんなことをおっしゃるのですか!?」

「お父様、怖いです！　クララは、ずっとエリナの悪口ばかり言っていて、そんなことを言っちゃいけないわって言っていたのに、それでも止めなくて！」

エイナの声も聞こえてきたけれど、彼女の言葉に自分の耳を疑った。

そんなことを言っちゃいけないって言っていた？　エイナが私の悪口を言っていたんでしょう？

お父様の部屋の扉をノックすると、渋い表情のお父様が顔を出した。

「ああ、エリナか。お前にも関係がある話だ。中に入りなさい」

「失礼します」

お父様に促されて中に入ると、クララがエイナの足に縋《すが》りついて泣いているのがまず目に入った。

「助けてください、エイナ様！　あなたのためを思ってやったことでございます！」

「クララ、私は何度もあなたに忠告したはずよ？　それに、自分が突き落としたことを誰かに言ったらどうなるか、って脅《おど》してきたのはあなたじゃない！」

「私がエイナ様を脅《おど》すなんてことはありえません！　それに助けてくださると言ったのはエイナ様です！」

エイナは、私を階段から突き落としたのはクララだったと話したようで、それに対してクララが泣きわめいて反論しているみたいだった。

「お父様、クララの処分はどうされるおつもりでしょうか」

「お前を危険な目に遭わせただけでなく、エイナを脅迫したと言っているからな。罪は重くなりそうだ」

「本当にクララがエイナを脅迫したとお考えで？」

「あの状態を見ると考えにくいが、処分しないといけない理由もわかるだろう？」

「……王妃になる人間が犯人を隠避《いんぴ》していたとなったら、国民がどう思うか、ですか？」

「そういうことだ」

「混乱を避けるためには、嘘だとしてもエイナの言うことを鵜呑みにするしかないのですね」

「……エリナ、お前は嫌か？」

そう問いかけられたので、私は横に立つお父様の顔を見上げた。お父様はかなり疲れた顔をされている。自分のせいだと思っているのかもしれないけれど、もうエイナも私も、親に全責任を取ってもらうほど子供じゃない。自分で判断できることは親の手を借りなくても判断しなければならないし、その自分の判断に責任を持たなければならない。

少なくとも、私がエイナと同じ状況になったとしても、エイナがやったようなことはしないから、お父様のせいではなく、エイナの責任だわ。

「いいえ。それが多くの人のためになるなら、それで良いと思います。ですが、お父様。私はこの家を出たら、エイナとの縁を切るつもりでいます。もちろん、国の行事などで顔を合わせることはあるでしょう。けれど、双子の姉妹だということは忘れ、王妃陛下と公爵夫人としての関係になるつもりです」

「それだけのことをされているんだから、私は何も言わない」

「ありがとうございます。ところで、クララがあれほどまでに取り乱しているのは、なぜなんです？　クビにするだけではないということでしょうか？」

「警察に報告するつもりだと言ったら、ああなったんだ」

お父様は目を伏せて、大きく息を吐いた。

私たちがこうして話している間もエイナとクララは言い合っていたけれど、クララは突然私に目を向けたかと思うと、泣きながら近寄ってきた。

「お願いですエリナ様！　お情けを、お情けをお願いします！　元々は、あなたがエイナ様に酷いことをするからでございます！　あなたがエイナ様に優しくしてくださっていれば、私はあのようなことをしなくても良かったのです！」

泣き叫びながら、私の腕を掴もうとしたクララだったけれど、お父様が私を後ろに隠してくれたおかげで、その手は空を切った。

「だそうよ、エイナ。あなたが嘘をつき続けるから、こんなことになったの。あなたに罪がないだなんて思わないでちょうだいね」

私にそう言われたエイナは、唇を噛んだ後、私を睨みつけてくる。

そんなエイナのことは無視して、私はクララに尋ねた。

「あなたが私にしたことは許されることではないと思うわ。それなのに、よくも私に救いを求めたものね？」

「私がやったことは私の罪でございます！　ですが、そんな行動を起こさせることになったのは、エリナ様のせいでございます！」

「ちょっとクララ、もうやめて！　そんな嘘をつくと、今まであなたと過ごした思い出が悲しいものになってしまうじゃない！」

私やお父様に嘘をついていたことがバレるのが嫌なのか、エイナはクララを止めようとする。しかし、お父様がクララに発言の続きを促した。

「エイナ、お前は少し黙っていなさい。おい、クララと言ったな。どうしてエリナにそんなことをしないといけなかったか、理由くらいは聞いてやる。早く話をしなさい」

クララは首を縦に振ってから、お父様を見上げて話し始めた。

「ありがとうございます、旦那様。実は何年も前から、エリナ様がエイナ様に意地悪をしているという話を聞いておりました。しかも、エイナ様の気持ちを知りながらも、クズーズ殿下を奪おうとされたと聞いて、なんて酷い方なんだろうと思いました」

「クズーズ殿下との婚約は私が決めたことではないわ。長男と長女、次男と次女ということで決まっただけよ。エイナがそんなにクズーズ殿下が好きだったのなら、もっと早くに言ってくれていれば良かったのに」

私が答えると、クララは涙でぐちゃぐちゃな顔をエイナのほうに向けた。すると、エイナは目を潤ませて声を震わせ始めた。

「そんなの、私は知らないわ。エリナがクズーズ殿下のことを好きだと思っていたから、私は何も言わなかっただけよ！」

「あなたの気持ちを知っていて、私がわざとクズーズ殿下を奪ったと思ったの？　それが本当なら、あなたは思っていた以上に馬鹿ね。まあ、今はそんな話はいいわ。クララは私がエイナへの嫌がらせとして、クズーズ殿下と婚約したと思ったわけね？」

「そうです！　昔からエイナ様とクズーズ殿下は愛し合っておられるようでしたし、その二人の仲を邪魔するだなんて、と思ったんです！」

「ちょっと待て。エイナとクズーズ殿下の関係は、そんなに昔からなのか⁉」

私も初耳で驚いてしまったので、お父様の言葉に対してクララがどんな答えを返してくれるのか、静かに待った。

クララは涙を白いシャツの袖で拭いた後、お父様を再び見上げた。

「もう三年以上前からだと思います」

「……お父様、申し訳ございません。それに気づけなかったのは私の責任です」

「エリナのせいではない。私の責任だ」

「いいえ。私がもっと早くに気がついて、相談すべきでした」

お父様とお母様は毎回、私たちと一緒に夜会に出席するわけではなかったし、出席したとしても挨拶や仕事のこともあり、ほとんど別行動だった。

私は、エイナやクズーズ殿下とべったり一緒にいるのが嫌だったから、エイナたちの姿が見えなくても、長時間じゃない限り、特に気にしていなかった。

きっと、二人も怪しまれない程度に会っていたのでしょう。

だけど、あのパーティーの日だけは違った。私たちの結婚が近づいてきたことに焦ったエイナが、私に気づかせるようにしたんだと思う。

あの時のエイナは、クズーズ殿下を私にとられたくなかったから、あわよくば、寝取ってしまおうと思ったのでしょう。

——そういえば、アレク殿下は二人の関係に気づかれていたのかしら？　それに、どうしてあの時、別棟にいらしたの？

そんな疑問が浮かんできたけれど、今はそんなことを考えている場合ではなかった。

「お父様、このままでは、エイナは犯人隠避《いんぴ》や虚偽申告の罪に問われるのでしょうか？」

「そうだな。ただ、メイドに脅《おど》されていたと言うなら、情状酌量《じょうじょうしゃくりょう》もあるし、公爵令嬢ということで、大した罪には問われないかもしれないだろう。せいぜい罰金刑だが、それでも痛いな」

「はんにんいんぴ？」

エイナは言葉の意味がわからなかったようで、私とお父様を見て首を傾げた。

「全ての国がそうではないかもしれないが、我が国の刑法では、罪を犯した人間だとわかっていながらその人間を隠したり、助けるために嘘をついたりした者も罪に問われるんだ」

「そ、そんなっ！」

エイナが驚愕の表情を見せた。

「あなたがそのことを知らなかったことに驚くわ。私たちの年齢で知らないほうがおかしいでしょう」

「そんなの学園で習っていないわ！」

「学園で習っていなかったとしても、新聞や本を読んだら、目にしたことのある言葉のはずよ」

「わ、私は新聞なんて読んでいないし！」

エイナが恥ずかしげもなく答えるので、半ば呆れながら彼女に言い聞かせる。

「エイナ、あなたは王妃になるのだから、もっと勉強しないといけないわ。このままじゃ、あなたは大勢の前で恥をかくことになるし、王家だけでなくモドゥルス公爵家の恥にもなるわ」

「で、でも、だって、私は元々は王妃になるつもりはなかったのよ!?　そうよ！　王妃はエリナがなったらいいじゃない！」

「何を言ってるのよ。私が王妃になろうと思ったら、クズーズ殿下が王位継承権を放棄しないと無理なのよ？」

「そうじゃなくて、クズーズ殿下との結婚はエリナがすればいいのよ！」

エイナがクララに嘘をついていたという話をしていたはずなのに、変な方向に話が飛びそうになってしまっている。

まずは、クララの件を片付けてしまいましょう。

居心地悪そうにしているクララを見てから、お父様に顔を向けると、お父様は無言で首を縦に振り、クララに尋ねる。

「お前がエリナを階段から突き落としたことに間違いはないんだな？」

「そ、それは、そうです。ですが、どうかお情けを！　私が警察に捕まっただなんて知ったら、両親が悲しみます！」

「そう思うなら、最初からやらなければ良いことだ」

「殺意はありませんでした！」

座り込んでいたクララが、お父様に縋《すが》りつこうとしたけれど、お父様はそれを手と言葉で制した。

「近づくな。お前は私の娘を階段から突き落としたんだぞ？　そんな奴は今すぐにでも殺してやりたい気分だが、立場上、そうすることもできなくて我慢しているんだ。もちろん、お前を警察には届けず、この場で消し去ることも可能だが……」

「それはいけませんわ、お父様。夜会の会場で、エイナがクララの話をしています。何らかの動きがなければ、それこそ怪しまれてしまいます」

「エイナが関与していることも、他の人間は知っているのか？」

「お父様に話したように、エイナは夜会で、クララから脅《おど》されて言えなかった、と大声で話しています。話をしたのが私であれば信じない人間もいたかもしれませんが、多くの人間はエイナの言うことを信じると思います」

「……そうか」

お父様は一度、足元のカーペットに視線を落とした後、大きな息を吐く。そしてクララを冷たく見下ろした。

「エイナが大勢の人間の前で、お前の仕業《しわざ》だと言ったそうだ。お前を警察に突き出さなければ、我が家の対応が疑われてしまう」

「ま、待ってください、旦那様！」

お父様はクララの言葉を待たずに部屋の扉を開けると、廊下で待っていた執事に声を掛ける。

「警察を呼べ。それから衛兵も呼んでくれ。いつまでも罪人を私の屋敷の中に置いておきたくない」

「かしこまりました」

外にいた執事にも会話が聞こえていたようで、彼はお父様の言葉に問い返すこともなく、一礼して動き出した。

「そ、そんな！　エイナ様！　助けてください！　エイナ様のためにやったのです！　それに、何かあったとしても助けてくださるとおっしゃってくれたじゃないですか！」

「酷いわ、クララ！　私がそんなことを本気で言ったと思うの!?　エリナを階段から突き落とすようなあなたに!?」

　エイナが目に涙をいっぱい溜めながら続ける。

「たとえ言ったのだとしても、あなたのことが怖くて言ったのよ！　エリナ、信じないでね？　私はあなたのことを思っているわ。だって、私たちは姉妹だもの。しかも双子の！」

「ごめんなさい、エイナ。夢かもしれないけれど、あなたがクララを庇《かば》うとかいう話をしているのを聞いたような気がするわ」

「そ、そんなのありえない！　夢に決まっているじゃない！」

　あの時は意識が朦朧《もうろう》としていたし、最後のほうは聞き取れなかった。だけど、エイナはクララを助けるというような話をしていたのは確かだわ。

　かといって、あんな悪意をぶつけてきた相手を助けるほど、私は優しくない。

　その時、バタバタと足音が聞こえてきたかと思うと衛兵が部屋に入ってきたので、お父様が指示を出した。

「その内、この女を警察が引き取りに来る。エントランスホールに連れていき、引き渡すまで監視してくれ」

「承知いたしました」

「待ってください、旦那様！　私は、私はエイナ様のために！」

「エイナのためだかなんだか知らんが、エイナもエリナも私の娘なんだ。傷つけられて黙っていられないと言っただろう！」

　お父様に一喝されると、クララは呆然とした表情でエイナを見た後、彼女が何もしてくれないとわかったのか、カーペットに額をつけて泣き出した。

　私が悪いことをしたわけじゃないのに、こういう姿を見ると、やはり心が痛むわね。

　でも、エイナの言葉を全て鵜呑みにしただけじゃなく、私を階段から突き落としたという行動は許せるものではないから、しっかり、反省してほしい。

　クララは衛兵二人に腕を掴まれて、抵抗することもなく部屋から出ていく。

　部屋には、私と、お父様、エイナの三人だけになった。どっと疲れが襲ってきたので、私は力なく口を開いた。

「お父様、私はもう部屋に戻っても良いでしょうか？」

「ああ。もしかすると、警察が話を聞きたいと言うかもしれないが、それに関しては明日にするように伝えておこう。だが、エイナ、お前は今日中に話をするように」

「どうして？　私はクララに脅《おど》されていただけで！」

「たとえそうであったとしても、警察に話をしないといけないことは確かだ」

「そんなぁ」

　エイナが情けない声を上げて、お父様の体にしがみつく。

「私も、今日はすごく疲れたんですよ？」

「そうだとは思うが、お前もエリナに悪いと思うなら我慢しなさい」

「……わかりました」

頬を膨《ふく》らませるエイナからは危機感が全くないことが見て取れた。何だかクララが可哀想になってしまって、部屋を出る際に、振り返ってエイナに言う。

「あなた、そんな生き方をしていると、いつか痛い目に遭うわよ？」

「何よ、それ、どういう意味!?」

エイナの聞き返す声が聞こえたけれど、それには答えずに部屋を出た。

＊＊＊

僕が城に戻ったのは、今にも日付が変わってしまう時間だった。

でも、どうしても父上と母上と話がしたくて、僕はそのまま両親の寝室へと向かった。

「父上、母上！」

寝室の前に立っていた護衛騎士に止められたけれど、僕はおかまいなしに叫んだ。

「父上、母上、起きてください！　大事な話があるんです！」

少ししてから部屋の中で物音がして、紫色のネグリジェを着た母上が、眠たそうな表情で部屋から顔を出した。僕にそっくりの母上は、眠そうにしていてもとても綺麗だった。

けれど、そんなことを考えている場合じゃなかった。

「やっぱり僕はエリナが好きなんです！　国のためにも、僕の婚約者をエリナに戻してください！」

「あなた、寝ぼけているの？　話すなら明日にしてちょうだい？」

「明日話をすれば、僕の婚約者をエリナに戻してもらえますか？　僕はエイナとは一緒になれません！　彼女は僕を尊敬してくれていない！」

帰りの馬車の中でのエイナの態度を思い出す。

二人で内緒で会っていた時には、あんな顔はしていなかった。僕は騙されたんだ。被害者なんだ！

「クズーズ、いい加減にしろ！　その話はもう諦めろ。大体、お前たちが望んだことだろう！　今更エリナが好きだなんて、ふざけたことをぬかすな！」

姿は見えないけれど、部屋の奥から父上の苛立った声が聞こえた。母上は、ふわぁと口を手で隠してあくびをした。

「さっきも言ったけれど、話は明日にしましょう？　お父様は眠りを妨げられたことに、とてもお怒りよ？　今の状態では何を言っても怒られるだけよ。あなただってわかるでしょう？」

「で、ですが、母上！　こんな気持ちじゃ眠れなくて！」

「……しょうがないわね。あなた、クズーズの話を少しだけでも聞いてあげてくれない？」

僕には優しい母上が部屋の中に顔を向けて声を掛ける。しかし、すぐに冷たい声が返ってきた。

「だからさっきも言っただろう！　婚約の話はもう変えられないし、婚約者が入れ替わったことは国民も知っているんだぞ！　国民は、お前とエイナの話を美談として受け止めようとしてくれているんだ！　いい加減にしろ、クズーズ！　早く諦めて寝ろ！」

眠りを妨げられた父上は、かなり不機嫌だった。

どうして、そんなに怒っているんだ？　可愛い息子の話くらい聞いてくれてもいいじゃないか！

「父上、このままでは、エイナが王妃になってしまうんですよ!?　エイナに王妃は務まりません！」

「うるさい！　おい、扉の前にいる騎士たちは突っ立っていることしかできないのか!?　クズーズを早く部屋に戻らせろ！」

父上の命令で、護衛騎士たちが僕の腕を掴んだ。

「失礼いたします、王太子殿下。陛下のご命令ですので、お部屋にご案内いたします」

「やめろ、放せ！　一人で帰れる！」

その手を振り払うと、怒りをなんとかこらえて部屋に戻ることにする。

「おやすみなさい、私の可愛いクズーズ」

「おやすみなさい、母上！」

振り返りもせずに挨拶を返すと、静かに扉が閉まる音が聞こえた。

どうしてなんだよ！　どうしてわかってくれないんだ！　僕がこんなに辛い思いをしているのに！　母上まで明日にしろだなんて！

こんな惨《みじ》めな気持ちのまま、部屋に帰りたくなかった。だからメイドたちが止めるのも聞かずに、城内の庭を歩いて夜風に当たることにした。

誰もいないベンチに座り何とか冷静になった僕は、諦めて部屋に帰ろうと立ち上がる。そして、自分の部屋の近くまで来た時、誰かの話し声が聞こえた。

とっくに日付も変わった城内は静まり返っていて、いくら城が広いといっても声がよく響いていた。

「今日の夜会は――ですね？」

「ああ。今までで一番――だったが」

誰かの問いに対して答えを返したのがアレクだとわかった瞬間、夜風で冷めていた怒りが再燃してくる。僕は声が聞こえてきた方向に急いで足を進めた。

段々と声がはっきりしてきて、アレクが自分の側近と話をしながら階段を上がっているのだとわかった。そして、階段の踊り場まで僕が駆け下りたところで、アレクと目が合った。

「アレク！」

「兄上？　こんな所でどうしたんです？　父上と話をされたんですか？」

僕に気がついたアレクが、階段の途中で足を止めて尋ねてきた。

「話などできていない！　婚約者の交換はもう認められないと言われたんだ！」

僕の叫びに、アレクは眉をひそめた。

「兄上、何を言っているんです？　そんな話をしてほしいだなんて言ってませんよね？」

「え？　あ、いや、それはっ」

「まさか、何を話さないといけないかを忘れて、他の話をしに行かれたのですか？」

「そ、そういうわけでは……！」

アレクの言葉には明らかに非難の色が混じっていて、僕は答えを返すことができずに焦る。

そうだった！　エイナが嘘をついていたという話をしなければならなかったんだ！

「まあ、いいでしょう。もうこんな時間です。兄上もお疲れでしょうから、今日は休まれてはどうです？」

苦笑するアレクに苛立ち、ぶっきらぼうに話しかけた。

「おい、アレク」

「……何でしょうか？」

「エリナのことだが、お前は知っていたのか？」

「どういう意味です？」

アレクと一緒にいた側近は困った顔をして黙って静かに聞いているけれど、僕にはそんなことはどうでも良かった。

「エリナがあんなに可愛いと、お前は知っていたのか？」

「エリナの言葉？」

「……兄上、エリナ嬢の言葉を、もう忘れてしまったんですか？」

「ええ。兄上が俺のことについて聞いた質問に対して、彼女は答えていましたよね？　要約すると、小さい頃からの付き合いなのだから知っていて当たり前だと」

「でも、小さい頃のエリナは……」

「可愛げがなかったと？　まあ、彼女は大人びていましたからね」

アレクは苦笑すると階段を上りきり、踊り場で立ちつくす僕の横を通り過ぎて、上に続く階段に足をかけた。

「お忘れのようですが、現在の兄上の婚約者のエイナ嬢は俺の婚約者だったんですよ？　兄上とエイナ嬢にあんなことがなければ、あなたはエリナ嬢と結婚できていたはずです。それなのに、俺を責めますか？」

「そ、それはそうかもしれないが！　そうだ、お前がエイナを大事にしていなかったから、僕が彼女を慰めることになったんじゃないか！」

「それならなぜ、その時に俺に連絡してくださらなかったんです？　一度だけならまだしも、何度も兄上が慰める必要はありましたか？」

「――っ！」

弟のくせに、どうしてこんなに偉そうなんだ？

昔から、こうやって僕を見下して！　皆に好かれているのは僕のほうなのに……！

「クズーズ殿下、先ほどもアレク殿下がおっしゃられましたが、お話は夜が明けてからにされてはいかがでしょうか？」

話しかけてきた側近を睨みつけると、僕は無言でアレクを追い越して階段を上る。

そして、上の階に辿《たど》り着いたところで、僕はアレクを見下ろして叫んだ。

「アレク、お前がどんなに足掻《あが》いたって、エリナに愛されるのは僕だ！　エリナの気持ちだって取り戻してみせる！　いや、絶対に取り戻さないといけないんだ。エイナは王妃には向いていないからな」

僕の宣言を聞いたアレクは、目を丸くした後、突然噴き出した。

「どうして笑うんだ!?」

「エリナ嬢の気持ちを取り戻すとおっしゃってますが、元々彼女の気持ちは兄上のところにはないでしょう？　兄上も俺も、エリナ嬢もエイナ嬢も、最初は義務としての結婚だったんですから」

アレクは言葉を区切った後、笑みを消して、冷たい表情を浮かべる。

「愛情などないとわかっていての結婚のはずだった。けれど、その関係性を崩したのは、兄上とエイナ嬢ですよ。エイナ嬢とどこまで関係が進んだのかは知りませんが、何度も逢瀬《おうせ》を重ねているのであれば、何もなかったということはないでしょう。兄上は彼女への責任を取るべきです」

「アレク！　このままだと、エイナが王妃になるんだぞ！」

「酷い言い方をしますが、エイナ嬢をお飾りの王妃にすれば何も問題ない。兄上がしっかりなされば良いことです」

「兄が悩んでいるのに他人事《ひとごと》だな！　なんて奴だ！　素直にエリナを僕に返せ！」

「兄だから弟のものを全て奪えるだなんて、思わないでくださいよ？　返す、返さないの問題ではありませんし、エリナ嬢は俺の婚約者です。兄上の婚約者にはさせません」

アレクに見上げられているのに、見下されているように感じて、僕は何も言葉を返せずに、その場から逃げ出した。

「まだ間に合う！　間に合うはずだ！」

エリナはきっと、僕のことを愛しているはずだ！

そう内心で叫びながら、僕は自室へと駆け込んだ。

第三章

翌朝、警察が私に事情聴取をするために屋敷にやってきた。

といっても、私は被害者側だし、公爵令嬢という立場であることもあり、質問に答えるだけで高圧的な態度を取られたりすることはなかった。

そして、クララに対して重い罰を願うかと聞かれたので、改心の機会は与えるべきだと答えた。

恐ろしいことに、エイナはクララの処刑を望んでいるのだそうで、私は、そこまでする必要はないと訴えた。口封じでもしようとしているのかしら。

ちなみに、エイナは犯人を知っていたのに嘘をついたということで、警察にこっぴどく怒られたようだけれど、最終的には罰金だけで済んだ。

警察の人間を誑《たぶら》かしたのか、元々、それくらいの罰しかないのかはわからないけれど、モドゥルス公爵家に大きな影響はなさそうで、それは安心した。

そしてその日の夜、久しぶりに家族全員で夕食をとっていたところ、お父様が私とエイナに言った。

「陛下から呼び出しがあった。二人とも明日の午後、私と一緒に登城《とじょう》しなさい」

「え？　陛下から呼び出しですか？」

私の右隣に座るエイナが、驚いた様子で聞き返した。

「エイナのことで話があるそうよ。私は行けないけれど、お父様があなたたちを守ってくれるはずだから、心配しなくていいわ」

私の左隣に座っているお母様はそう言って、私の左手を優しく握ってくれた。

「父上、僕も一緒に行っても良いでしょうか？」

「いや、お前は家にいて母に付き添ってやれピート。何を言われるのかと心配でしょうがないだろうからな」

「母上のことも心配ですが、妹のことも心配ですよ」

口を開いたのは、ピートと呼ばれた、私の向かい側に座る黒髪短髪で緑色の瞳の、細面の整った顔立ちの男性だった。

元々はお父様の弟の長男だったのだが、モドゥルス家は女性しか生まれてこなかった上に、私たちの嫁ぎ先が決まってしまったため、三歳年上のピート兄様を養子にして、この家を継いでもらうことになった。

叔父《おじ》様の家は伯爵家で、その爵位は次男が継ぐことになったので、色々とちょうど良かったらしい。

ピート兄様は公爵家を継ぐために、三年前から隣国の公爵家に勉強をしに行っていて、今はその家の一番の側近になり、中々こちらに帰らせてもらえないみたいだった。

なぜなら、隣国から家に帰るまで片道十日以上かかり、さらには、こちらに戻ってきた時は長く滞在するので、休暇は一度に五十日近くとらなければならず、長期間休むことになるからだそうだ。

ピート兄様は今日の朝に帰ってきて、二十日ほど、こちらでゆっくりした後、また隣国に戻る予定だ。

たまにしか会えないけれど、子供の頃は一緒に暮らしていたこともあり、私もエイナも懐いていたし、ピート兄様も私たちを可愛がってくれた。

ちなみに今回帰ってきてくれたのは、私が怪我をしたと聞いて心配してくれたからだ。

「ピート兄様ぁ。一緒に来て、エイナを守ってほしいです！」

猫撫で声でエイナがおねだりすると、ピート兄様は苦笑する。

「一緒に行ってあげたいんだけど、父上がな」

「お父様、ピート兄様も一緒に連れていってください！　私一人では不安です！」

エイナが頬を膨《ふく》らませて言うけれど、お父様は首を横に振った。

「駄目だ。要件はお前とクズーズ殿下の話らしいからな。エリナとアレク殿下には、そのことについて話を聞きたいんだそうだ」

「エイナとクズーズ殿下の件について、ですか？」

眉根を寄せて今度は私が聞き返すと、お父様は頷く。

「ふざけた話だが、クズーズ殿下はエリナとの再婚約を望んでいるらしい」

「なんですって？」

聞き返したのは、お父様以外のその場にいた全員だった。

「エリナの心を傷つけた上に、エイナまで傷つけようとするなんて！　しかも、エリナとまた婚約したい!?　そんなこと絶対に許せないわ！」

お母様は体をわなわなと震わせる。

「でも、お母様。私はアレク殿下と結婚したいです。アレク殿下は、私のことを大事にしてくれそうだから」

エイナが頬を赤く染めてそう言うと、ピート兄様が彼女を窘《たしな》めた。

「話を聞いたが、元々はエイナ、君にも責任はあるんだろう？　それに君が騙されたと言うなら、クズーズ殿下に責任をとってもらわないと駄目だ。エイナの心を弄《もてあそ》んだ形になるじゃないか！　それにエリナは裏切られたんだ。これ以上、あの方のために傷つく必要はない。だから、エリナはアレク殿下と幸せになるべきだ」

ピート兄様はエイナの返事を待たずに、お父様に顔を向けて続けた。

「エイナとクズーズ殿下の結婚はいつになるんです？」

「元々、エリナとクズーズ殿下が五ヶ月後に式を挙げる予定だった。クズーズ殿下の相手をエイナに替えて、その日程で進められるよう準備をしている」

「えー……クズーズ殿下をアレク殿下に変えてもらうことってできないんですか？」

「できるわけがないだろう！」

エイナの問いかけに、お父様が語気を荒立てて答えると、ため息をつきながらピート兄様に言った。

「ピート、お前がこちらにいる間、エイナの教育を頼む。エイナは知識が足りなすぎる」

「承知しました」

ピート兄様が頷くと、エイナが微笑む。

「ピート兄様とお勉強できるなんて嬉しいわ」

「僕は厳しいよ？」

「大丈夫！　ピート兄様だもの」

満面の笑みを浮かべるエイナを見て、私が小さく息を吐いたと同時、隣のお母様からは大きなため息が漏れた。

「エリナにもエイナにも同じように愛情を注いで育ててきたつもりだったけれど、こうまで違ってしまうなんて……」

お母様は私の視線に気がつき、悲しそうな表情を浮かべる。慰めになるかわからなかったけれど、私はお母様に私なりの考えを話すことにした。

「たとえお母様の育て方が間違っていたのだとしても、大人になれば物事を判断するのは自分です。いつまでも親のせいにしていては駄目です。それに……」

ちらりとエイナのほうを見ると、ピート兄様との会話に夢中になっていた。それを確認した後、お母様の耳元に口を寄せて囁《ささや》いた。

「エイナの場合は、わざと馬鹿なふりをしている時があります」

私の言葉に、お母様は俯けていた顔を上げ、潤んだ目で私を見つめたのだった。

＊＊＊

次の日、私とエイナはお父様に連れられ、約束の時刻より少し早い時間に登城《とじょう》した。

国王陛下との謁見《えっけん》だけれど、話し合いが目的なので、謁見《えっけん》の間ではなく陛下の執務室に通された。

メイドに案内され陛下の執務室に向かっている途中で、同じく向かっていたアレク殿下と出くわした。

簡単な挨拶を済ませると、アレク殿下が私に話しかけてくる。

「体の調子はどうだ？」

「たまに痛む時もありますけど、特に問題はありません」

「なら良かった」

今日のアレク殿下は正装ではなく、お見舞いに来てくれた時のような黒ずくめではあるけれど、お顔が相変わらず眩しいせいで、暗い印象は感じられない。

私も黒のシュミーズドレスで来たから、服装の色を合わせたみたいになってしまった。

それにしても、いつになったらアレク殿下を直視できるようになるのかしら。

真剣に話をしている時は気にならないのだけど、気を抜くと顔の良さに心が持っていかれてしまうのよね。

でも、それは私だけじゃないみたいだった。

うっとりした表情で、両手を胸の前で合わせたエイナが、一生懸命になってアレク殿下に話しかけていた。

「今日も素敵ですね、アレク殿下っ！」

「それはどうも」

「今日の私のドレス姿、アレク殿下から見て、どう思います？」

エイナが目をキラキラさせて、アレク殿下を見上げている。

今日のエイナは私が黒いドレスだったからか、膝下丈の純白のドレスを着ていて、ドレスにはピンク色の小花のついた可愛いレースがあしらわれていた。

エイナは自信があって聞いたのだと思うけど、アレク殿下からの答えはあっさりとしたものだった。

「君にとても似合っていると思う」

「ありがとうございます！　ほら、あなたも黒のドレスばっかり着てないで、アレク殿下に好かれるように、違う色のドレスを着るべきだわ」

アレク殿下の向こう側から、エイナが少しだけ体を前のめりにして、私の顔を見ながら笑顔で言う。

どうせ嫌味のつもりだろうから相手にしないでおこうと思っていたら、アレク殿下が口を開いた。

「俺はエリナ嬢のドレスのほうが好きだな。俺も陰では悪魔だと呼ばれているから、黒をわざと着ていたが、そのうち何にでも合わせられるから黒が好きな色になった。だから、エリナ嬢は俺の好きな色の服を着てくれているし、いいと思う。それに、夜会での明るい色のドレスも似合っていて可愛かったが、今日は大人っぽくて綺麗に見える」

「あ、ありがとうございます、アレク殿下」

こんな風に褒められるだなんて思っていなかったから、一気に頬が熱くなる。照れを隠すために頭を下げると、アレク殿下は、なぜか楽しそうに笑った。

「……どうかされましたか？」

「いや、耳が赤いから」

「アレク殿下のせいじゃないですか！」

「それは悪かった」

こんな風にからかわれるなんて！

ふん、とアレク殿下から顔を背けようとして、エイナが視界に入った。私とアレク殿下が仲良さげにしているからか、彼女の笑顔がどことなく引きつっているように見える。いい加減エイナも諦めて、クズーズ殿下と結婚すればいいのに。

どうせアレク殿下のことだって、思った以上に自分の好みの顔だったから欲しくなっただけでしょう？

「エリナ、仲が良いのは良いことだが、おしゃべりはここまでだ」

お父様はそう言い、足を止めた。

扉の前に待機していた執事が扉を開けたので、私たちは執務室に足を踏み入れた。

陛下の執務室は、お父様の執務室よりも少し広いくらいで、お父様はダークブラウンを基調とした調度品を揃えているけれど、陛下の執務室の調度品は派手な色のものが多かった。

仕事をする部屋だからこそ、好きなものを置いて、やる気を高めているとかかしら？

あまりジロジロ見ると失礼かと思い、座るように指示された三人掛けのワインレッド色のソファに、お父様を挟んで私とエイナは、陛下に挨拶をしてから座った。

オーク材のセンターテーブルを挟んだ向かい側に、クズーズ殿下とアレク殿下が並んで座り、陛下は一人用のソファに座られた。

「急に呼びつけて悪かったな」

どちらかというと、アレク殿下に似た長身瘦躯《そうく》の陛下は、足を組み、眉間に刻まれた皺《しわ》をより深くして、なぜか私とアレク殿下の顔を交互に見て、続けた。

「クズーズの王位継承権を剥奪しようと考えている」

その言葉を聞いた私は、思わずアレク殿下を見た。すると彼も私を見ていたようで視線がぶつかった。いち早く我に返ったのは、お父様だった。

「陛下、失礼ですが、おっしゃっている意味が理解できないのですが」

「お前が驚くのもわかる。だが、わかるだろう？　クズーズが国王に向いていると思うか？」

「ど、どういうことですか、父上!?」

クズーズ殿下が焦った表情で尋ねると、陛下は厳しい表情で彼に答えた。

「どうもこうもないだろう。つかなくてもいい嘘をついてどうする。信用問題にも関わるんだぞ」

「それは、その、申し訳ございません……」

クズーズ殿下は太ももの上に置いていた手を握りしめて俯く。

「陛下、どういうことでしょうか？」

二人の会話の意味が掴めなくて首を傾けていると、お父様が代表して聞いてくれた。

「ああ。お前たちにはまだ話をしていなかったな。エリナが階段から落ちた件で、昨日、クズーズが虚偽の話をしていたと聞いた」

「陛下、それに関して私は警察に殿下のことを話しておりませんから、ご心配なく」

エイナは斜め前に座っている陛下に向かって、にこりと微笑む。

確かに警察は、エイナが事情聴取でクズーズ殿下の話を出していなかったと言っていた。

クズーズ殿下に恩を売るつもりだったのかもしれない。

だけど、残念だったわね。

「エイナ、お前が話をしていなくても、エリナが話をしたそうだ」

「なんですって!?」

陛下の言葉を聞いたエイナは、信じられないと言わんばかりに、私を睨みつけた。

だって、言うななんてお願いされていないし、正直に答えただけだわ。

私は非難の目を向けてくるエイナに視線を向けた。

「その時のことを詳しく話すようにと警察に言われたから、正直に話をしただけよ。だって、嘘をつく必要もないでしょう？　あなただって話していると思っていたんだけど」

「そ、それは、そうかもしれないけど！　でも、そこはクズーズ殿下の名誉を考えるべきだわ」

「エイナ、そのことについては、もう良い。なぜお前がそんな嘘をついたのかわからんが、クズーズのことを思ってのことなのだろう？」

「は、はい。その通りでございます」

陛下からの問いかけに、エイナは動揺を隠すように笑みを浮かべた。

「エリナの話を聞いた警察がクズーズのもとにやってきたから、エイナは動揺していて、クズーズがその場にいたことを忘れていたのだろうと話をさせた。エイナはアレクの話もしていなかったようだしな」

陛下は目を伏せて、こめかみを押さえた。

エイナはアレク殿下の話もしていなかったのね。どうしてかしら?

「この件に関しては、エリナには詫びの品を送るつもりだ。欲しいものがあるのならアレクに伝えてくれ。話を元に戻すが、クズーズの王位継承権の剥奪についてだが、なぜそう考えたのか、クズーズがわかっていないようなので説明をしておこう」

陛下は言葉を区切り、クズーズ殿下を睨んでから続ける。

「エイナが言ったからという理由で、何の証拠もなく証言し、しかもこの俺に、そのことについて調べないようにモドゥルス公爵に指示してほしいと頼んできた。クズーズを信じアレクの言葉を信じなかった俺にも原因があるが、クズーズも、嘘をついたらどうなるかということくらい予想できたはずだ」

陛下は険しい表情で言った後、大きく息を吐いた。

クズーズ殿下は、今にも泣き出しそうに見えるくらい情けない顔をしている。

「そんなこともわからないようでは、クズーズは国王には不適任だと感じる」

「待ってください、父上！　僕が国王にならなかったら、誰がなるんです!?　まさか、アレクじゃありませんよね⁉」

「アレク以外に誰がいるんだ？」

陛下は呆れ返ったような表情で聞き返した。

「で、ですが、アレクでは……」

「今まではそう思っていたが、そう思えない状況にしたのはお前だぞ、クズーズ」

「わかっています！　ですが、父上、失敗したのは今回だけです！　お願いです！　チャンスをいただけませんか⁉」

「だから、先ほど『考えている』と言ったのだ」

陛下はため息をつくと、アレク殿下を見た。

「お前はどう思う？」

「俺自身は、どちらかといえば裏方向きだと思いますが？」

「そうだろうと俺も今までは思っていたが、表もできないこともないのだろう？」

「兄上が無理だとおっしゃるのであれば、やらざるを得ないでしょう」

そう答えた後、アレク殿下は私に視線を向けた。

「そうだな。アレクの婚約者はエリナだから、エリナの意思も必要となるか。で、どうだ、エリナ？お前のほうは？」

陛下に尋ねられ、少しだけ考えてから口を開く。

「私は元々クズーズ殿下の妻になる予定でしたから、王妃になる覚悟はできておりました。ですので私自身は問題ありません。私はアレク殿下の意思を尊重します」

私の言葉を聞いたアレク殿下はにこりと微笑んでくれ、陛下は無言で首肯《しゅこう》する。そして、今度はクズーズ殿下に尋ねた。

「チャンスをくれと言っていたな。具体的に何をするつもりだ？」

「そ、それは今から考えます」

クズーズ殿下はそう答え、なぜか私のほうを見る。

嫌な予感がして視線をそらすと、私の気も知らずクズーズ殿下が言った。

「エリナ、君にも手伝ってほしい」

「……はい？」

なぜ、私が？

問い返す前に、アレク殿下が眉根を寄せて強い口調で聞き返した。

「兄上、エリナ嬢は俺の婚約者ですよ。どうして、兄上の手伝いをしなければならないんです？

頼むなら、エイナ嬢にでしょう」

「……僕はとても反省している」

「はあ？」

アレク殿下とお父様の声が重なった。

私は呆れて物も言えなくて、クズーズ殿下を凝視することしかできなかった。

「エリナが努力をすれば、可愛くなるということを知らなかったんだ！　僕がもっと早くそのことに気がついていれば良かったのにと、とても後悔している。エリナ、悪かった。これからは、君のことをもっと褒めるようにするから」

えーっと……この人、まだ外見にこだわっているの？　今は可愛いと言ってくれているみたいだけど、全く嬉しくないのだけど？

言わないとわかってもらえそうにないから、もう口に出すことにしましょう。

「クズーズ殿下、そんな反省なんてしてほしくありませんわ。どうして、あなたは人を外見でしか判断できないのでしょうか？　そんなにも外見重視であるならば、私ではなくエイナと結婚するほうが良いではありませんか」

するとクズーズ殿下は、今度はエイナに向かって言う。

「エイナはアレクと結婚したいのだろう⁉」

「そうです！　私はアレク殿下と結婚したいです！」

そう主張するクズーズ殿下とエイナに、お父様は頭を抱え、陛下とアレク殿下は冷ややかな視線を送っているけれど、二人はそれに気づいていない。

「クズーズ殿下はエリナが良いと言っているのですから、それで良いのではないでしょうか？」

「そうだ、エイナもこう言っているんだ。婚約者を戻そう！」

「何をふざけたことを……」

「お父様、落ち着いてください」

怒りに震えているお父様の手を握って、落ち着かせる。今のところ、この状況下で一番冷静だと思われる私が、二人を窘《たしな》めなければならない。

「クズーズ殿下、いい加減になさってください。それから、エイナ。あなたはいつまで子供でいるつもりなの」

「僕は本気で言っているんだ！」

「私もよ！　子供なんかじゃないわ！」

「大人とは思えない発言をしているから言っているの。それから、クズーズ殿下、本気であれば何を言ってもいいわけではないのですよ？」

二人を軽く睨むと、クズーズ殿下は口を閉ざしたけれど、エイナはアレク殿下に向かって叫んだ。

「私はクズーズ殿下に捨てられたんです！　本当に愛していたのに……！　だから、アレク殿下が責任を取ってください！」

「それは君のほうだろう!?　僕のことを愛していると言っておきながら、アレクが髪を切ったら、ころりと態度を変えたじゃないか！　君がエリナにいじめられて悲しいと泣いているから慰めたのに！　父上！　被害者は僕です！　モドゥルス公爵！　僕はエイナに傷つけられたんだ！　その責任を取って、エリナを僕に返すんだ！」

エイナの言い分もクズーズ殿下の言い分も、無茶苦茶だった。

陛下は組んでいた足をほどき、両足を地につけてクズーズ殿下を睨みつけているけれど、彼は、それに全く気づいていない。

アレク殿下の気持ちがどうかはわからないけれど、私は自分の気持ちをはっきりとお伝えすることにする。

「クズーズ殿下」

「わかってくれたか、エリナ⁉」

クズーズ殿下は笑顔になって立ち上がった。

「いいえ。私の心は色々な意味で傷つきました。ですから殿下との再度の婚約はお断りいたします。私はすでにアレク殿下との将来を考えておりますの」

「そ、そんな！　アレク、お前！」

クズーズ殿下は、なぜか私を怒るのではなく、アレク殿下を睨みつけた。

「都合の悪い時だけ、何でも俺のせいにしないでください」

アレク殿下はそう答え、立ち上がったままのクズーズ殿下を見上げて続ける。

「残念でしたね、兄上。心配しないでください。兄上の分も、エリナ嬢を幸せにするつもりですから」

「お前……、もしかして、知っていたな⁉」

クズーズ殿下の言葉に、アレク殿下はにこりと微笑む。

知っていた？　何の話かしら？

「おい、お前たち、いい加減にしろ。そんな話をしていたんじゃないんだぞ！」

疑問に思ったところで陛下が怒声を上げ、テーブルをつま先で蹴り上げた。激しい音がして、クズーズ殿下とアレク殿下の会話が途切れる。

すぐに人払いをしたせいで、お茶も用意されていなかったから、テーブルが派手に揺れ動いただけで、それ以外に被害はなかった。喧嘩を止めるためとはいえ、テーブルを蹴るのもどうかと思うけれど、相手は国王陛下だから、誰もそれを責められない。

「申し訳ございませんでした」

アレク殿下が謝ると、クズーズ殿下も頭を下げる。

「取り乱してしまい、申し訳ございませんでした」

「俺に謝らなくていい。謝るなら、エリナと、それからモドゥルス公爵にもだな。自分の娘を軽んじる発言をされているのだから腹も立つだろう」

「陛下のお心遣いに感謝いたします」

お父様は深呼吸して、クズーズ殿下を見てから続ける。

「クズーズ殿下、謝っていただかなくても結構ですので、お願いを聞いていただけませんか？」

「……何だ？」

「これ以上、私の娘たちを軽んじる発言はおやめください。そしてどんな立場であろうとも、クズーズ殿下には、エイナを大事にしてやってほしいのです」

「それは無理だ！」

クズーズ殿下はお父様のお願いを断ると、アレク殿下とエイナを指差した。

「僕は、エイナとアレクに騙されたんだ！　いや、エリナにも僕は騙されたんだ！」

「……私が何をしたと言うんですの？」

見下ろしてくるクズーズ殿下に眉根を寄せて尋ねると、クズーズ殿下は興奮しているのか、目に見えるくらいの大きな唾を飛ばしながら叫び始めた。

「僕の前では、あんなに冴えない格好をしていたのに、アレクが婚約者になった途端、綺麗になるだなんて詐欺じゃないか！」

また外見の話？　外見に関する発言は、もううんざり。言ったことを忘れてしまう病気にかかっているのならわかるけれど、クズーズ殿下はそうではないわよね？

「申し訳ございませんが、私に対して訴えたいこと、聞きたいことなどを全て紙に書き出していただけませんか？　それについて答えられるものは書面にて全てお答えいたします。何か訴えたいことなど浮かばれました際には、まずは、その紙を見ていただけますでしょうか？　その紙に載っていない内容でしたら、改めてお答えいたしますので」

「な、な、な!!」

馬鹿にされたと感じたのか、怒りで顔を真っ赤にするクズーズ殿下に対し、アレク殿下は顔を背けて笑いをこらえているようだし、お父様は呆れ顔で、エイナは不服そうにしていた。

私が無言でクズーズ殿下を見つめていると、突然、陛下が声を上げて笑い始めた。

「ああ、面白い。気が強そうだとは思っていたが、実際にそうみたいだな。エリナの案は良いんじゃないか？　クズーズ、エリナに質問状を提出しろ。それから、お前は王太子の座をアレクに渡したくないようだから、チャンスをやろう。期限は今日から五十日以内だ。俺に自分が国王にふさわしいという証を見せろ。それができないまま期限を過ぎれば、王太子をアレクに変更する」

「――っ！」

クズーズ殿下は声にならない声を上げたけれど、反論することは諦めたのか、ソファに崩れ落ち体を預けた。

すると、エイナが口を開いた。

「あの、陛下。私は一体、どうなるのでしょうか？」

「そうだな。エイナ、お前は王妃になりたいか？」

困惑気味のエイナに陛下が尋ねると、エイナは小首を傾げて聞き返す。

「王妃になったら、大変なのでしょうか？」

「さあな？　それは俺にはわからない。ただ、楽ではないと思う。色々とプレッシャーもあるだろうからな。気になるなら、王妃に聞いてみればいい。話がしたいなら声を掛けておくが？」

「ありがとうございます。あの、陛下、私はクズーズ殿下に騙されてショックを受けております。このままクズーズ殿下と結婚だなんて、無理な話ですわ。ですから、アレク殿下に婚約者を変更していただけますか？　アレク殿下と私が結婚することになっても、今の状況ですと私が王妃になる可能性があるのですわよね？」

エイナが口元に両拳を当ててなぜか照れている。アレク殿下は、そんなエイナを白けた顔で見ていた。こんな表情をしているアレク殿下を初めて見たわ。

陛下もアレク殿下の表情が面白かったのか、口元に笑みを浮かべ、エイナに向かって言った。

「エイナ、そのことについてだが、アレクにどんな風に騙されたか書面で提出しろ。クズーズ、お前もだ。エイナとアレク、それからエリナにどんな風に騙されたのか、具体的に書いて俺に教えてくれ」

「書面で、ですか？」

「ああ、そうだ」

陛下はエイナに答えると、また足を組んだ。

「話はここまでだ。クズーズにエイナ。どうしても自分の思い通りにしたいなら、頭を使うんだな」

陛下はまるで、私たちの人生をゲームみたいに考えているように見えて、正直、良い気分ではない。

お父様も何か言いたげだったけれど、相手が陛下だからか、我慢しているようだった。

何にしても、この部屋の主に出ていけと暗に言われているのだから、このまま居座るわけにもいかない。

アレク殿下が立ち上がると、お父様も立ち上がり、私もそれに倣《なら》った。

「待て、モドゥルス公爵。お前にはまだ話がある。それ以外は、もう帰ってもらっていい」

「承知しました。お前たちは先に帰っていなさい。エリナ、悪いが家に着いたら、御者《ぎょしゃ》にそのままこちらに戻ってくるように伝えてくれないか？」

「承知いたしました」

陛下に辞去する挨拶をした後、私たち四人は半ば追い出されるように部屋を出る。

エイナとクズーズ殿下は納得がいかないようだけれど、廊下で突っ立っているわけにもいかない。

私だけでもと動き出したところ、アレク殿下が話しかけてきた。

「エリナ嬢、巻き込んですまいな」

「私も当事者ですから」

夜会の日の晩に、アレク殿下が考えている、これからのことについて聞いたのだけれど、国王になるという選択肢はなかっただけに、どうされるおつもりなのか気になっていた。

だけど、クズーズ殿下とエイナがいる場では聞けないし、この後、時間をもらえるか聞いてみようと思っていたところだった。

「エリナ、少し話がしたい。さっきはカッとなって言ってしまったが、本当に反省しているんだ」

しかしその時、クズーズ殿下が少しだけ申し訳なさそうな顔をして、私に話しかけてきた。

「婚約者を戻すという話は賛成できかねますし、もう戻すことはないという意思は何を言われても変わりません。ですので、それ以外のお話でしょうか？」

王太子殿下相手に、さすがにあなたの話を聞きたくありません、とは言えないので、そう尋ねてみると、クズーズ殿下は深刻そうな面持ちで頷き、アレク殿下を見てから、また私に視線を戻した。

「そうだ。アレクには聞かれたくない。二人で話せないか」

「それについては、俺が断ります。兄上とエリナ嬢を二人きりにさせるわけにはいきません。俺に聞かれたくないと言うのであれば、他の人間を立ち会わせてください」

「アレク、お前にどうこう言われる筋合いはない！」

叫んだクズーズ殿下に、アレク殿下が言葉を返す前に、私が答える。

「いいえ、クズーズ殿下。アレク殿下は私の婚約者なのですから、自分の婚約者が他の男性と二人きりになることを止める権利はあるのではないでしょうか？　少なくとも、私はそれがおかしいことだとは思いませんわ」

「エリナ、頼む、頼むよ。機嫌を直してくれないか？　このままでは、僕はどうなってしまうかわからないんだ」

クズーズ殿下が私の手を掴もうとしたので、手を後ろに引いたと同時に、アレク殿下がクズーズ殿下の腕を掴んだ。

「兄上、いい加減にしてください。いい大人なんですから衝動的に動くのはおやめください」

「お前こそ、兄を敬うという気持ちを持て！」

「敬っていますが、最近の兄上の行動が目に余るものですので、口を出しただけです」

アレク殿下とクズーズ殿下が睨み合っていると、蚊帳《かや》の外だったエイナが兄弟の喧嘩に参戦した。

「どうして喧嘩されているんです？　というか、私のことを無視しないでください！」

エイナは腰に両手を当て、小柄で細身だけれど豊満な胸を張り、アレク殿下とクズーズ殿下の横に立った。

目の前にあるアレク殿下の背中に触れつつ後ろから顔を出してみると、クズーズ殿下の視線がエイナの胸元に釘づけになっていた。

ハニートラップにひっかかりそうで怖いわ。というか、エイナというハニートラップにすでにひっかかっているから実証済ね。

「エリナ嬢？」

アレク殿下は私が彼の背中に触れていることのほうが気になったみたいで、不思議そうに私に振り返っている。

「あの、どんな様子なのか見えなくて。でも、触れる必要はありませんでしたね、申し訳ございません」

「いや……」

アレク殿下を目だけで見上げて謝ると、彼は一瞬動きを止めた後すぐに首を横に振り、私から視線をそらして答えた。

「気にしてないから謝らなくていい」

「それなら良いのですが……」

「家まで送ろう」

「え？　あ、はい。ありがとうございます」

突然の発言に驚いたけれど、クズーズ殿下とこれ以上話をしたいわけではないので頷くと、アレク殿下はクズーズ殿下のほうを向いて口を開いた。

「俺はエリナ嬢を城の馬車で家まで送ります。兄上はエイナ嬢をお願いします」

「ま、待て！　僕はエリナに話が！」

「行こう」

アレク殿下が私の手を取って歩き始めたので、慌てて私も歩き出す。

ただ彼の足のほうが私なんかよりも確実に長いので、早足でついていくので精一杯。すると、不意に歩くスピードが遅くなった。

「……悪い」

「ありがとうございます」

私の早足に気がついてくれたみたいだった。

アレク殿下は私の手をふんわり握ってくれているので、ぎゅっと握り返して言うと、アレク殿下も私の手を握る力を少しだけ強めて微笑んでくれた。

「気づくのが遅くてすまない」

「遅くなんてなかったですわ」

首を横に振って微笑んだ時だった。

「アレク殿下！　私も一緒に帰りたいです！」

手を繋いでいる私とアレク殿下の間に、エイナが無理やり入り込んでこようとした。

エイナは私とアレク殿下が手を繋いでいるのが気に入らないのか、自分の体を間に割り込ませて手を離させようとしてくる。

その行動を鬱陶《うっとう》しく感じた私が握っていた手を離すと、アレク殿下は苦笑してから手を離してくれた。すると、すぐさま腕を伸ばして私の肩を抱き寄せた。

「ア、アレク殿下!?」

親密にするという話は夜会の時にしていたから、お互いが勝手に手を取ったり繋いだりするのは、暗黙の了解だった。でも、ここまで積極的な感じだと焦ってしまう。

そうよ。これは演技。エイナを悔しがらせるために、アレク殿下は協力してくださってるのよ。

「どうかしたか？」

心を落ち着けようとして、目を閉じて無言になっていたからか、アレク殿下が心配そうに尋ねる声が耳元で聞こえた。

慌てて目を開け、ゆっくり顔を横に向けると、眩しい顔面がすぐ近くにあった。普通の人なら、あまりの眩しさに顔を背けてしまうかもしれないけれど、何とか私は平静を装う。

「何もございませんわ。歩いているのに目を閉じるなんて馬鹿な真似《まね》をしてしまって申し訳ございません」

「いや、体調が悪くなったとかじゃないなら良い」

「ご心配いただき、ありがとうございます」

「ちょっと！　無視しないで！」

「おい！　僕の話もまだ終わっていないぞ！」

二人は私たちを追いかけてくると、エイナが私の横を、クズーズ殿下がアレク殿下の横を歩き始めた。

もうさすがに怒ってもいいかしら？

でも、怒っているところを人前で見られたら、また悪魔だと言われかねないし、家に帰るまで我慢しましょうか。

「あら、クズーズ！」

鬱陶《うっとう》しさを我慢しながら階段の近くまで来たところで、王妃陛下と出くわした。

王妃陛下はクズーズ殿下を見て嬉しそうな笑顔を見せたけれど、アレク殿下を見るなりすぐに笑みを引っ込めた。

そして、すぐに私とエイナに視線を移し笑顔を作った。

「エイナは相変わらず可愛いわね。エリナ、体の調子はどう？　それに雰囲気がだいぶ変わったわね？　クズーズが婚約者の時は、明らかに悪魔のような出で立ちをしていたのに、って、ごめんなさい。今日もそうよね？　でもね、クズーズのように白い服を着ていれば間違いないのよ？」

王妃陛下は持っていた扇で口元を隠して、侮蔑《ぶべつ》的な視線を送ってきた。

陛下からはクズーズ殿下には甘いという雰囲気は伝わってきたけれど、かといって、アレク殿下に対して特に厳しいというわけではなかった。

けれど、王妃陛下は違う。

明らかにアレク殿下を嫌い、アレク殿下の婚約者である私を嫌っている。

「王妃陛下、お言葉を返すようで恐縮ですが、いつでも白を着ていれば良いわけではございませんわ。昨年の話になりますが、クズーズ殿下とある貴族の結婚式に出席いたしましたの。その際に、クズーズ殿下は白のスーツを着てこられましたのよ？　あの時はクズーズ殿下の隣にいることが、どれだけ恥ずかしかったか……。新郎新婦にお詫びしましたら快く許してくださいましたが、他の方の結婚式に白スーツは主役とかぶってしまいますので、普通の方は選びませんわ？　王妃陛下もそちらはご存知ですよね？」

ここまで笑顔で言ってから気がついた。

――ああ、やってしまった。いつもなら、こんな嫌味を言われても言い返したりしないのに、あまりにもアレク殿下への態度があからさまに酷いものだから！

王妃陛下は私を一睨みした後、明らかに作った笑顔で答える。

「そんなことはわかっているわ。けれど、クズーズは王太子よ？　主役より目立って何がいけないの？」

本気でおっしゃっているのではないのよね？

でもそんなことより、王妃陛下はアレク殿下のことを毛嫌いされているようだし、早くこの場から立ち去らないと。

「母上、俺とエリナ嬢に何か話したいことでもありますか？」

「あなたたちにはないわ！　クズーズとエイナに用事があったの。ねぇエイナ、あなた、異国のスイーツは好き？　中々手に入らないものが手に入ったの。一緒に食べない？」

「ありがとうございます！」

エイナはぱあっと明るい笑みを浮かべてから、私のほうを見た。

「ごめんねエリナ。私、王妃様とお茶して帰るわ」

「楽しんでちょうだい。では王妃陛下、私はこちらで失礼いたします」

カーテシーをしてからアレク殿下と横を通り過ぎると、王妃陛下は小声で私にだけ聞こえるように呟く。

「全く可愛げのない。アレクとお似合いだわ」

「ありがとうございます」

柔らかな笑みを浮かべて言うと、王妃陛下は不機嫌そうに顔をしかめた。

「エリナ！」

解放されたかと思ったけれど、クズーズ殿下はまだ私との対話を諦めていないようで追いかけてきた。

「話ができないなら手紙を書く。今度は間違えない。君を大事にするよ。僕を支えてほしい。今ならわかる。エリナは僕のことを思って、口やかましく言ってくれていたんだと。可愛さだって、僕がこれから引き出していくよ」

どれだけ外見にこだわるんですか？　もしかして、その話をすることがお約束か何かだと思っておられるのでしょうか？

そう聞きたかったけれど、相手をしてはいけないと考えて、歩みは止めずに「結構ですので」と答えて小さく一礼するだけに留めておいた。

「クズーズ、早く来なさい！　エイナが待っているじゃないの！」

「は、はい！」

クズーズ殿下は名残惜しそうにしながらも、私から離れて王妃陛下たちのほうへ戻っていく。

「力強い味方ができたな」

三人の姿が見えなくなってからアレク殿下が耳元で囁《ささや》く。しかしその意味がわからなくて聞き返した。

「どういうことでしょうか？」

「母上は俺と君を良く思っていない。逆に、兄上とエイナ嬢のことは好んでいる。ということは？」

「クズーズ殿下の結婚相手に、王妃陛下はエイナを望まれるということですわね？」

「そういうことだ」

「ここだけのお話にしていただきたいのですけれど、普段の王妃陛下は、私たちにとって敵になりますわよね？　ですが、今回ばかりは味方ということでしょうか？」

私と再婚約したいと思っているクズーズ殿下にとって、エイナとの婚約を推し進めたい王妃陛下は敵にあたる。私たちにとってクズーズ殿下とエイナは敵にあたるので結果的に王妃陛下は味方になる、というわけね。

それを考えてみると、私のさっきの発言は、不敬に当たるものだったかもしれないけれど、お咎《とが》めなしのようだし、結果的に良かったのかもしれない。

「母上はあんな調子だから、大した権限は与えられていない。だから、君を不敬だと訴えたくても、父上が認めない限りは無理だ」

「陛下が認めてしまったら、私はどうなるのでしょうか」

「それはありえない」

「そうでしょうか？　あ、もし、不敬だと言われた時は、陛下からのお詫びの代わりに無罪にしていただきますわ」

「お詫び……？　ああ、そういえばさっき言っていたな」

アレク殿下が、先ほどの陛下の発言を思い出したのか頷く。

欲しいもの、と言われたけれど、今は特に思い浮かばない。

――そうだわ。せっかく二人きりになったんだもの。聞きたかったことを聞いてみましょう。

アレク殿下の用意してくださった馬車に乗り、二人になったタイミングで、向かいに座るアレク殿下に話しかけた。

「あの、アレク殿下。お聞きしたいことがあるのですが……」

「ん？　何だ？」

私の表情に緊張の色が見えたからか、アレク殿下は緩めていた表情を引き締めた。

「私が階段から突き落とされた時、アレク殿下は、どうして別棟にいらっしゃったんです？」

「ああ、そのことか」

アレク殿下は腕を組んで、片眉を上げた。

「その答えについては、君ももう気づいているんだろう？」

「ええ。でも、気づいたのは先ほどです。クズーズ殿下が教えてくださったので確信を持てただけで、今までは疑問でした」

「俺が気づいたのは二年くらい前だ。最初は一時だけの子供の火遊びかと思って放置していたが、一向にやめようとしない。正直、俺はエイナ嬢のことを元々嫌いではなかったが好感を持っていたわけでもなかった。それに君に話したように、俺にはやりたいことがあった。だから決定的な瞬間を押さえて、俺とエイナ嬢の婚約を解消するつもりだった。といっても、決定的な瞬間というのは中々訪れなくてな。休憩室に二人で入るだなんて、あの日が初めてだったんだ」

「私とクズーズ殿下の結婚が目前に迫っていたからでしょう。エイナが焦ったんだと思います」

「俺にしてみればありがたい話だったんだ。部下からその話を聞いた時は、今日こそ決着をつけられると意気込んだんだが、そういう時に限って人につかまってしまってな」

アレク殿下は、その時のことを思い出したのか苦笑した。

「今思えば、俺が先に着いていれば、君は怪我をしなくて良かったのにな。すまない」

「いいえ。逆にアレク殿下が遅かったからこそ、エイナの本性を私は知ることができたんです。ですから謝らないでくださいませ」

「でも君は、あんな大怪我をしたんだぞ？」

「私を階段から突き落としたのはアレク殿下ではありませんわ。悪いのはあのメイドです。私がどんなに憎くとも、やってはいけないことをしたんです」

「だが……」

このまま話を続けたら、アレク殿下は自分を責め続けるかもしれないと思い、話題を変えることにする。

「ところで、クズーズ殿下はどうされると思いますか？　失礼ですが、名誉の回復なんて、クズーズ殿下にできるのでしょうか？」

「そうだな、兄上がやりそうなことで考えられるとしたら……」

アレク殿下は少し考えた後、これから予想できることを私に教えてくれたのだった。

＊＊＊

私が家に帰って少ししてから、お父様がエイナよりも先に帰ってきた。

エイナがまだ帰ってきていないことを伝えると、お父様もすでに事情は把握していて、エイナを置いて帰ってきたと言った。

さすがに城の馬車を出してくれるだろうから、エイナが帰ってこれなくなることはないだろうとの判断みたい。

お父様に陛下からの話は何だったのか聞いてみると、まだ私たちには言えないことらしく、内容を教えてはもらえなかった。でも、私に不利な話ではないということなので私はホッとした。

それから数時間後、エイナが上機嫌で帰ってきて、先に夕食をとろうとしていた私たちと合流した。

「エリナってば、あんなに美味《おい》しいスイーツを食べられなかったなんて可哀想！　あ、ごめんね？お土産にもらってくれば良かったわね？　だけど、美味《おい》しくって全部食べちゃったわ。それに王妃陛下はエリナには食べさせたくなかったみたいなの。異国のスイーツだから、エリナは一生食べられないかもしれないわね？　申し訳ないことをしちゃったわ！」

隣の席に着いたエイナは食事もそっちのけで、今日の王妃陛下との出来事を話し続けた。適当に相槌を打っていると、向かいに座っていたピート兄様がエイナに尋ねる。

「どんなスイーツだったんだい？」

「えーっとですね。白くてもちもちの柔らかな食べ物の中に、茶色の甘い豆とイチゴが入っているんです！」

「ああ、それなら僕も食べたことがある。そんなに美味《おい》しかったのか？」

「ピート兄様、ご存知なの？」

エイナが不思議そうに聞き返すと、ピート兄様は笑顔で答えた。

「ああ。他国では有名な菓子だよ。最近、王都にもそれ専門の店ができたみたいだ。中にクリームとイチゴが入っているものもある。ただ、大人気だから、すぐに売り切れちゃうみたいだね」

そういえば、王妃陛下は異国のスイーツとは言っていたけれど、異国から持ってきたとは言ってなかったわね。

そんなことを考えていると、ピート兄様が言葉を続ける。

「だからエイナ、エリナのことは心配しなくていい。僕がエリナに食べさせてあげるよ。エリナ、明日は無理だが、明後日にでも、その菓子を買いに行こうか。店に連絡を入れておくよ」

「あ、ありがとうございます、ピート兄様！」

まさかこんな展開になるとは思っていなかったので素直に嬉しかった。

「どういたしまして。久しぶりに兄と妹でデートでもしようか。あ、いくら兄でも婚約者がいる妹に、デートという言葉を使うのは良くないかな？」

「いいえ。家族ですもの。それにアレク殿下はそんなことで、口うるさく言われるような方ではありませんから」

「そうだよな。アレク殿下はそういう人だよな」

ピート兄様がうんうんと頷く。

ピート兄様はクズーズ殿下と同じ年で学友だった。卒業後に連絡をとっているかはわからないけれど、クズーズ殿下との仲は良くも悪くもないといった感じだった。

ただ、関わりのないはずのアレク殿下のことをよく知っているような感じなので、不思議に思い、無言でピート兄様を見つめる。

すると、ピート兄様は口元に人差し指を当てて、今は何も聞かないでほしいというような仕草をした。無言で頷き食事に戻ろうとしたところで、エイナが私を見ていることに気がついた。

「どうかしたの、エイナ」

「ピート兄様と内緒話をしているみたいだから気になったのよ」

「別にあなたが気にすることじゃないわ。でも、良かったわね、エイナ。王妃陛下に気に入られるなんて、中々ないことなのよ？」

「そうなの？」

聞き返してくるエイナに、お母様が話を継いでくれた。

「ええ。エリナの言う通り、王妃陛下は中々人を信用なさらないことで有名なのよ」

「そうなんだ！　そんな方に好かれるだなんて嬉しい！」

エイナは私のほうを見て満面の笑みを浮かべた。

羨《うらや》ましいでしょ？　って顔かしら？

「良かったわね」

王妃陛下に好かれたいとは思わないから素っ気なく答えると、エイナは私が不機嫌になったと思ったのか、笑顔を消して、眉を八の字にして小首を傾げた。

「ごめんね、エリナ？　このままだとクズーズ殿下とアレク殿下の二人を私が奪っちゃうことになっちゃいそう」

「どうしてそこでアレク殿下の名前が出てくるの？」

「だって、王妃様は言ってたもの。きっと、アレク殿下も私のことを好きになるって」

「それはないよ、エイナ」

ピート兄様に否定されて、エイナは頬を膨《ふく》らませた。

「どうしてそんなことを言うんですか？」

「アレク殿下はエイナのような子はタイプじゃないからだよ。今までは婚約者だから我慢していたけど、もうそうじゃないならエイナに気を遣う必要はないからね」

ピート兄様は笑顔で、エイナにとっては言われたくないようなことをさらりと言ってのけた。

ピート兄様って、こんなにエイナに厳しかったかしら？

疑問に思ったのは私だけではなくエイナも同じみたいだった。

「ピート兄様は意地悪になって帰っていらしたのね」

「意地悪を言ってるんじゃないよ。エイナのために言っているんだ。もちろん、エリナのためにもね」

ピート兄様はそう答えた後、また食事を再開した。

それからは静かに食事をしてデザートを食べ終えたところで、お父様がエイナに尋ねた。

「クズーズ殿下と今後の話はしたのか？」

「今後の話、ですか？」

エイナが首を傾げるので、私もエイナに聞いてみた。

「でも、そうならないようにクズーズ殿下が王太子じゃなくなった時のことを考えていないの？」

「クズーズ殿下が王太子じゃなくなった時のことを考えていないの？」

「それはそうだけれど、あなただって一緒に頑張るんじゃないの？」

「どうして？」

「どうしてって！　あなたはクズーズ殿下の婚約者なのよ!?　将来どうするつもりなの!?」

アレク殿下が国王になった場合、クズーズ殿下は城に残ることはできるけれど、肩身の狭い思いをするはず。

そうならないように支えてあげないといけないと思うんだけれど、エイナは何を考えてるの？

「将来なんて今すぐ考えないといけないことかしら？」

「それはそうでしょう！　結婚式が近づいているのよ!?」

「エリナがクズーズ殿下と結婚すればいいじゃないの。そうすれば私は何も考えなくて良くなるわ」

「エイナ、あなた、まだそんなことを言ってるの!?」

自分の可愛さで全て思うようになると思っているの？

呆れてそれ以上何も言えないでいると、エイナが微笑みを浮かべてこちらを見た。

「もう！　エリナったら、そんなに怒らないでよ！　そんなんじゃ王妃になんてなれないわよ？　私みたいにいつでもニコニコできないと！　眉間に皺《しわ》が寄ってたら、国民も怖がっちゃうわ！」

　ふふふっ、と笑いながらエイナは私の眉間を指で触ってきたので、その指を払って言い返す。

「眉間に皺《しわ》を寄せないように努力していくわ。ただエイナ、あなたみたいにヘラヘラ笑い続けていても馬鹿にされるわよ？」

「私の可愛い笑顔を見て馬鹿にする人なんていないわ！　いるから言ってるの」

「エリナの嘘つき！」

　エイナは叫ぶと、手に持っていたフォークを皿に投げ捨てて立ち上がった。

「お父様、お母様、ピート兄様！　私はいつもこうやってエリナにいじめられてきたんです！」

　今までなら、ここでお父様が間に入り、私に謝るように促してきていたけれど、今日は違った。

「エイナ、フォークを投げ捨てるだなんて淑女《しゅくじょ》のやることではないぞ！」

「そんな！　お父様！　怒るところはそこじゃないでしょう⁉　エリナが私を！」

「エイナ、今日はもう部屋に戻りなさい。ピート、明日はエイナにテーブルマナーも教えてやってくれるか？」

「承知しました」

　ピート兄様がお父様の言葉に頷く。その様子を見たエイナは呆然としていた。

　それもそのはず、今まで散々甘やかしてきたお父様が彼女の味方をしなくなったのだから。

いきなり突き放されたショックは大きいだろうし、少し可哀想だとも思ったけれど、これからは厳しくするとお父様は事前にエイナに伝えているし、何よりフォークを投げ捨てるなんて子供のやることだわ。

「エリナのせいよ！」

私に向かって叫んでから、肩を落としてダイニングルームを出ていくエイナの背中を見ながらふと思う。

エイナには、どうしてこんなことになったか、ちゃんと考えてほしい。姉妹なんだし救いのあるところを見せてほしかった。

けれど、エイナは寝たら忘れるタイプで、次の日にはいつも通りに戻っていた。

そして、それは彼女の婚約者であるクズーズ殿下も同じだった。

次の日から、クズーズ殿下の私への猛アピールが始まった。

クズーズ殿下は私に手紙を送るとは言っていたけれど、一日三回の手紙と花束はさすがに迷惑だった。しかも、返事が欲しいとも書かれている。

一日目は素直に受け取ってしまったので、お父様からクズーズ殿下に、このようなことはやめてほしいと連絡してもらった。

けれど、一向にやめてくれないのでアレク殿下に相談しようと思っていると、ピート兄様がクズーズ殿下に話をつけてくれることになった。

だから、その件についてはピート兄様に任せることにした。

そして私は急遽、アレンドロ公爵令嬢と話をすることになり、現在、私の家の応接室で彼女と向かい合っている。

　夜会の次の日に、彼女のほうからエイナのことで話がしたいと連絡をもらい、すぐに時間を作った。

　アレンドロ公爵令嬢は亜麻色のストレートの長い髪を背中に垂らした、緑色のアーモンド型の瞳がチャーミングな可愛らしい女性だった。

「本日はお忙しい中お時間いただきありがとうございます。お会いできて光栄ですわ」

「こちらこそ、足を運んでいただき恐縮です。アレンドロ公爵令嬢にお会いできて光栄ですわ」

「よろしければ、ミズリーとお呼びくださいませ」

「では、私のことはエリナと」

　そんな風に挨拶を済ますと、早速、ミズリー様が本題に入った。

「失礼ですが、エリナ様はエイナ様のことを良く思われていないと兄から聞きました」

　フィカル様のことだとわかったので頷くと、ミズリー様は話を続ける。

「エイナ様に婚約者を奪われたと泣き寝入りしている女性を何人か紹介できるのですが、余計なお世話でしょうか」

　突然の申し出に驚いたけれど、エイナに不利なことがあるなら、ぜひ知っておきたかったので、彼女に言葉の先を促す。

「そんなことはありません。ぜひ、教えていただきたいですわ」

＊＊＊

僕は焦っていた。

自分からチャンスをくれと言ったものの、どうしたら父上に認めてもらえるかなどわからなかった。

側近たちに何をしたら良いかと聞いても、わからないと言うばかりで全く役に立たなかった。

「僕の側近は無能ばかりだ！」

エリナのことだってそうだ。女性は花が好きだと聞くからエリナに花束を贈ったが迷惑がられているようだし、全員クビにして新しい人間を雇ったほうがいいのか？

「母上も母上だし……」

母上はエイナと結婚しろとしか言わないけど、どうしてそんなことを言うんだ？　王妃向きなのはエリナじゃないのか？　エイナは他人任せで何も考えていないのに。

そんな時、エリナたちの兄であるピートから僕に会いたいという連絡があった。僕もエリナのことで相談したかったから、ちょうど良かった。

ピートは日時を確認してきたけど、少しでも早く会いたかったのですぐにピートを呼び出した。

次の日の昼過ぎにやってきたピートを僕の部屋に招きソファに座るように勧めると、ピートは深々と頭を下げた。

「急な申し出にもかかわらず、お忙しい中お時間を作っていただき誠にありがとうございます」

久しぶりに会ったピートは学生時代よりも凛々しさが増していて、素直にその気持ちを伝える。

「体型はあまり変わらないが逞《たくま》しくなったようにも見えるな。他国の公爵家での仕事はどうだ？　やはり大変なのか？」

「機密事項に関わらせてもらえるわけではないので、大したことではありません。ただ、事業を任せていただいているので、そちらのほうで忙しいといった形です」

「おいピート、昔みたいに話をしてくれよ。君にそう畏《かしこ》まった感じで話されると落ち着かないんだ」

エリナとの橋渡しをしてほしい僕は、媚びを売る意味合いもあってピートに向けて気さくな笑みを向けた。

「じゃあこの場だけ、お言葉に甘えさせてもらうよ」

ピートは僕の向かい側に座ると頷いてから、話を続けた。

「君も忙しいだろうから、早速本題に入らせてもらうよ。悪いけど、エリナのことはもう諦めてくれ」

「ど、どうしてそんなことを言うんだ？」

「どうしてなんて聞かなくてもわかるだろう？　エリナにこだわる理由がわからないよ。エリナは良い子なのに、君は昔から彼女のことを評価していなかったじゃないか」

「それは彼女のことをちゃんと見ていなかったからだ。今の僕は違う。彼女を大切にするつもりだよ。エリナのおかげで助かっていたことがたくさんあったとわかったんだ」

エリナからエイナに婚約者が替わってから眠れない夜が続いたことや、今では、エイナではなく、気がつけばエリナのことばかり考えていること、そして、これが本当の愛だということに気がついたのだと。

僕は立ち上がって、ピートに訴える。

「今までエリナに酷いことをしてきたと思う。エイナと内緒で会うなんてやってはいけないことだった。だけど、僕は反省したんだ！　反省しているんだから許してくれてもいいだろう？」

「許す許さないを決めるのはクズーズじゃない。エリナは君を許すつもりはなさそうだし、僕も許さなくて良いと思っている」

「ピート⁉」

予想外の答えが返ってきて驚きの声を上げた僕を見ながら、ピートは苦笑する。

「エリナは自分の性格上、君よりもアレク殿下とのほうが上手くいくと思っている。何より君に期待できるものはないしね」

「どういうことだよ⁉」

「そのままの意味だよ。君は王太子の座もこのままだと危ないみたいだね？　チャンスをもらったみたいだけど、どうするつもりなんだ？」

厳しい口調で問われ、しどろもどろになってしまう。

「それはこれから、エリナと一緒に考えるんだ。だから、エリナに機嫌を直してもらわないと……」

「どうしてエイナと一緒に考えないんだ？　今の君の婚約者はエイリだよ。いつまで現実逃避するつもりだ？　そんなことしか言えないのなら、王太子の座を自ら放棄すべきだ」

「何だと!? おい、ピート！ 自分が何を言っているのかわかっているのか!?」

「わかっているよ。君みたいに夢ばかり見ているわけじゃないからね」

「僕は現実を見ている！」

叫んだ僕をピートは憐れむような目つきで見てくる。

「もし君が現実を見ていたら、ここまで状況は酷くなっていない。それに、今更エリナとやり直せるだなんて思えやしないよ」

「僕は王太子なんだぞ!? 僕の婚約者になれば王妃になれるのに、どうして僕を選ばないんだ!?」

「エリナが王妃になりたいと言っていたのか？」

「そ、それは……でも、王妃になるために勉強を頑張っていたと聞いてる」

俯いて答えると、ピートが小さく息を吐くのが聞こえた。

「なりたいと思って勉強していたんじゃなく、ならなきゃいけなかったから勉強していたんだ。君や国民のためにね」

「じゃあ、これからも僕や国民のために頑張ってくれたらいいじゃないか！」

「エリナに国民を見捨てる権利はなくても、自分を裏切った君を見捨てる権利はあるはずだ。最初に裏切ったのは君なんだから」

「誰かに裏切られたからって同じことをしてもいいと思っているのか？ 反省しているのに許さないなんて酷いだろう!? 人は過ちを犯すことだってあるんだ！」

「そうだな。言っていることは間違っていない。だけど、君は反省していないよな？」

「反省しているし、後悔している！　どうして僕はエリナのことを信じてやれなかったんだろうと」

　僕は頭を抱えて叫んだ。

　エリナはエイナとは違って昔から落ち着いていて、お転婆でドジなエイナと一緒に城に遊びに来ても、僕たちと一緒に遊ぶエイナとは対照的に、エリナはずっと静かに本を読んでいた。

　そんなエリナだったが、エイナに意地悪をしているところを見たことはなかった。エリナはいじめなどをするくらいなら本を読むほうが好きな子だと知っていたはずなのに……！

「いきなりどうしたんだ？　僕が聞いている限りでは、エイナよりもエリナのほうが良いと後悔しているようにしか思えないんだが？」

「それは……間違っていない。エイナとの関係は背徳感が生み出した一時的なものに過ぎなくて、冷静になれば、エリナのほうがこれからの僕を支えてくれる人だと気がついたんだ」

「だけど、一時はエイナと一緒になりたいと思ったわけだろう？」

「だから勘違いだよ！　それに、エリナと結婚する時にはエイナとの逢瀬《おうせ》は止めるつもりだった！」

「都合の良いことばかり言う奴だな」

　ピートは大きく息を吐いてから立ち上がり、笑顔を向けて僕を見下ろした。

「君の言い分はわかった。納得はできないけどね。何にしてもエリナは君の言動に迷惑している。これ以上彼女に近づかないでくれ。君が仲良くしなければいけないのは、エイナのほうだ」

「ピート！　このままではエイナが不幸になるぞ！」

「何を言ってるんだ。エイナからエリナに婚約者を戻しても、エリナが不幸になる。それなら、一時でも愛し合った二人が一緒になるほうが良い。あとエイナたちが可哀想だと思うなら、君は結婚しなければいい。もしくは、王太子の座から退くのが良いと思う」

「嫌だ！　この国の王太子は僕だ！」

「なら、エリナのことは諦めて頑張りなよ」

ピートは帰るつもりなのか扉の前まで歩いていったが、そこで僕に振り返った。

「国民のことを思うなら、自分がどうすれば良いかわかるはずだ。これ以上、エリナに手紙を送ったり物を贈ったりするのはやめてくれ。やめないなら、こちらも動くよ」

僕が言い返すよりも先に、ピートは扉を開けて部屋を出ていった。

——何だよ、偉そうにしやがって！

しばらくその場に立ち尽くしていた僕だったが、怒りが収まらず、ピートにやはり何か言い返してやろうと思って部屋を出た。

廊下に出ると、すでにピートの姿はなかった。慌てて彼が向かったであろう階段のほうに向かうと、ピートが誰かと話をしている声が耳に入った。

「お久しぶりですね」

「ピートから敬語を使われるなんて落ち着かないから、やめてくれないか」

「人が敬語を使うと気持ち悪がるなんて、兄弟揃って失礼だな」

「兄上に会ってたのか？」

「ああ」

ピートと話をしているのはアレクのようだった。

アレクの奴、抜け駆けするんじゃないだろうな？　僕が先にピートと話をしていたんだぞ？

「なあ、アレク。君がクズーズの立場なら名誉を挽回するために何をする？」

「そうだな……」

二人は階段を下りて階下に着いたところで立ち止まった。話しかけようと思ったけど、話の続きが気になってしまい、二人の姿が見える踊り場に身を潜めて僕は黙っておく。

「ここ最近、南方の隣国の動きが怪しいらしい。俺なら様子を見に行って、どういう状況か確認して、対処できるならしてしまう。戦争にならない内に解決すれば大きな手柄だろう？」

「それはそうかもしれないが、そんな簡単なことでもないだろう？」

「簡単にできることをしたって意味がないじゃないか」

「それはそうかもしれない」

アレクの言葉にピートが笑った。

そして同時に僕もほくそ笑んだ。

アレクが良い案を教えてくれたぞ！　それを成功させれば僕は安泰だ！　エリナもきっと僕を見直してくれる！

善は急げだ！

僕は確信を胸に、アレクたちの話の信憑性《しんぴょうせい》を確かめるために、父上のところへ向かった。

＊＊＊

「エイナ様に婚約者を奪われたといっても、直接的なものではないんです。ですが、私たちは彼女が関わっていると確信しております」

そう言って、ミズリー様はレースの付いたポーチの中から四角に折りたたまれた白い紙を取り出し、私に差し出した。

「拝見いたします」

紙を受け取って広げてみると、そこには綺麗な字で、数人の女性の名前が書かれていた。

「この方たちの名前をご存知ですか？　もしご存知なら、彼女たちの共通点にお気づきになるはずです」

ミズリー様にそう言われ再度名前を見てみると、ほとんどが顔見知りであり、可愛らしくて有名な人たちばかりだった。そして、それ以外にも共通点があった。

「この方たちは……」

貴族であることは確かだけれど、年齢はバラバラ。ただ、一番に思い出したのは痛ましい事件のことだった。

「暴漢に襲われた被害者の方たちのお名前ですわね」

紙に書かれていた令嬢は全て、何者かに顔に痕の残る深い傷を負わされた人たちばかりだった。

「あのエリナ様、エイナ様が直接指示されたわけではなさそうですので、そのような顔はなさらないでください」

私の顔色が悪くなったことに気がついたのか、ミズリー様は慌てて首を横に振った。

「ですが、先ほどはエイナに婚約者を奪われたとおっしゃっておりましたよね？」

「彼女たちを襲った人物は五人。毎回五人です。しかも令嬢の顔に深い傷をつけると満足して、それ以上は何もせずに立ち去っています」

ミズリー様は膝の上に手を置いて、目を伏せた。

それ以上は何もなかったと言うけれど、それが原因で婚約者との婚約がなくなったのなら、何もなかったでは済まされない。

それに自分の顔は鏡を見れば嫌でも目に入る。傷を見る度に恐怖を思い出さなければいけないなんて、私には想像もできないくらいに辛いはずだわ。

「女性たちの婚約者たちは顔の傷を見て、妻にはできない、と言ったんだそうです」

「なんて酷いことを……」

顔重視だなんて、まるでクズーズ殿下じゃないの。傷ついた婚約者を慰めることもしないだなんて酷すぎる。

「このご令嬢たちの婚約者は全員、エイナ様が気に入っていらした男性たちです。そして、事件後に婚約破棄もしくは解消した男性たちは、全てエイナ様の取り巻きになりました」

「その取り巻きというのは、親衛隊とは別なのでしょうか？」

「親衛隊は取り巻きの中でも過激派を指します。取り巻きはただエイナ様をチヤホヤするだけです」

「そうなのですか。全て同じだと思っていましたわ」

「親衛隊と名乗るには条件があるそうで、エイナ様を好きになったからといって全ての男性が親衛隊を名乗れるわけではないようです」

「あの、その親衛隊のことなんですが、エイナが発案したのでしょうか？」

「いいえ。取り巻きの人間が過激化し、それを咎《とが》めずに協力する人間や、エイナ様が喜ぶことをすることだけが生き甲斐の人間ばかりが集まって勝手に結成されたようです」

「詳しく調べてくださったのね。ありがとうございます」

「いえ。私も兄から聞いただけですから」

ミズリー様は苦笑して首を横に振った。

フィカル様にもお礼を言わないといけないわね。

それにしても、私以外にエイナのせいで犠牲になっている人がいるなんて知らなかった。

今まで放置してきた分の罪ほろぼしになるかはわからないけれど、新たな犠牲者を作らないようにしなくちゃいけないわ。

それに、犠牲になってしまった人たちにも何かできることを考えなくちゃ。

「今、狙われているのはエリナ様、あなたですわ」

そう考え込んでいると、ミズリー様は厳しい目つきで私をじっと見つめた。

「どういうことでしょうか？」

「とても失礼だということを承知で言わせていただきますが、エリナ様は最近、とてもお綺麗になられましたわよね」

最近綺麗になったということは、それまではそうじゃなかったという意味合いだから、先に謝ってくれたのね。

冷静にそんなことを考えてから、ミズリー様の言いたいことに気づいた。

「今までは冴えなかったから相手にされていなかったけれど、外見が美しくなったから私が狙われる可能性がある、ということでしょうか？」

「ええ。お父様たちも同じ意見です。ですから、そうならない内に犯人を捕まえたほうが良いかと思いまして」

「たとえエイナのためでも、アレク殿下の婚約者である私に手を出そうとするかしら？」

「彼らは異常です。何を考えているのかわかりませんし、何の根拠もなしに大丈夫だと判断してはいけませんわ」

「そう言われてみればそうですわね。ご忠告痛み入ります。警戒を怠《おこた》ってはいけませんわね」

エイナが親衛隊に、私が邪魔だと言ったら、私の顔を傷つけてアレク殿下との婚約を破棄させようとするかもしれないわ。

私の顔に深い傷ができたとしても、アレク殿下は婚約を破棄するとは思っていないけれど、親衛隊はアレク殿下をそういう人だと思っている可能性はある。

「親衛隊を告発してもエイナ様との関わりは否定するでしょうから、モドゥルス公爵家に影響はないでしょうし、捕まえるなら早いほうが良いでしょう」

「親衛隊は、エイナよりも可愛いか、美しい人を傷つけている、ということでしょうか」

「そう思われます。彼らの中ではエイナ様が一番でなければならないのかと」

「以前、夜会で捕まえた二人がいるでしょう？　彼らはどうなりました？」

「警察に引き渡しましたがお金で解決したようです。その後、あの二人は廃嫡《はいちゃく》処分になりましたが、ここ最近、親衛隊の人間に保護されたと聞きました。今はその男性の家にお世話になっているそうですわ」

「親衛隊に？」

聞き返すと、ミズリー様は難しい顔をしたまま首を縦に振ってから再び口を開く。

「親衛隊の中には侯爵令息がいます」

ミズリー様の言葉を聞いて、その侯爵令息が誰だかわかり、思わず眉根を寄せた。

同学年だったこともあり、同じクラスになったこともあったから余計に覚えている。

顔立ちは整っているから一部の女子に人気はあったけれど、貴族とは思えないほどの下品な発言をする侯爵令息だった。

「トログ侯爵令息のことですわね？」

「そうですわ。彼が二人を世話しております。何かあった時に使うためでしょう」

「……エイナが彼らと接触するかどうか、目を光らせるようにいたします」

お父様にお願いして、エイナを監視してもらわなければいけないかもしれない。

これ以上、親衛隊に勝手なことをされてはたまらない。

「エリナ様。私はあなたの味方です。味方であるという証明はできませんので信じていただけなくてもしょうがないと思っております。ですが……」

「いいえ。信じますわ」

私は手に持ったままでいた、襲われた令嬢たちのリストに目を落とした。

その中の二人はミズリー様と仲の良い女性だった。

聞いただけの私でさえも許せない行為だと憤《いきどお》っているのに、友人が傷つけられた彼女はもっとその気持ちが強いはずだから。

「ミズリー様。あなたのご友人たちは、犯人が捕まれば前に進むことはできるでしょうか？」

「わかりません。どう受け止めるかは人それぞれですから。ですが、そうだと信じたいんです」

「承知しました。必ず尻尾《しっぽ》を掴みますわ」

「お待ちください、エリナ様」

私の言葉を聞いて、ミズリー様が焦り始めた。

「もしかして、囮《おとり》になるおつもりですか？　危険すぎます！」

「では他の女性を囮《おとり》にしろとおっしゃるの？」

「わ、私でよろしければ！」

「ミズリー様、あなたはとても素敵な方だと思いますわ。ですが、あなたを危険な目に遭わせるわけにはいきません。それにさすがに私も勝算なしに戦いを挑んだりはしませんわ」

微笑んでみせたけれど、ミズリー様は不安そうな顔をしたまま、私をじっと見つめていた。

ミズリー様との話を終え、彼女を見送ろうとエントランスへ向かうと、ちょうどピート兄様が帰ってきたところだった。

ピート兄様がミズリー様に笑顔で挨拶をすると、彼女は少しだけ頬を赤く染めて挨拶を返し、馬車に乗り込んだ。

馬車が去った後、私は隣で一緒に彼女を見送ってくれたピート兄様に話しかけた。

「おかえりなさい、ピート兄様」

「ただいま。一応、クズーズ殿下には苦情を言ってきたよ。それからアレク殿下とも会ったから、話をしておいた。そこでアレク殿下が、届いた手紙の宛名をエリナからエイナに書き換えてエイナに渡したらどうだって言ってたんだけど、さすがに気づくよね？」

「巧妙にすればわからないかもしれませんわ。じっくり手紙を読む子ではありませんし」

「そうか。一度試してみれば良かったな。まあアレク殿下が対処してくださるそうだから、手紙ももう来ないだろうし安心していいよ」

「ありがとうございます、ピート兄様」

お礼を言った後表情を引き締めて、私はピート兄様の双眸《そうぼう》をじっと見据えた。

「少し、お時間よろしいでしょうか。ピート兄様に手伝っていただきたいことがあるんです」

「かまわないよ。エイナには今日は勉強はお休みだって伝えてるから」

「ありがとうございます。そのエイナについてです」

ピート兄様は首を縦に振ってくれたので、先ほどまでミズリー様と話をしていた応接室で、私が考えた作戦を聞いてもらった。

結論から言うと、話を聞いたピート兄様からは反対され、その後に話をしたお父様にも反対された。

けれど、最終的にはお互いに妥協案を出し合って、その作戦を進めることに決まった。

上手くいくかどうかわからない、なんてそんな弱気な気持ちでは駄目。これ以上後悔したくないから、まずはエイナの味方を潰していくことにした。

＊＊＊

エイナの親衛隊に襲われた女性たちの共通点をお父様に改めて調べてもらうと、ミズリー様が教えてくれた内容とほぼ一緒だった。

エイナは自分が人よりも劣っているのが嫌みたいだった。

だから、相手にしてくれない男性が他の女性と一緒にしていたり、婚約者や恋人と仲良くしているのを見ると、どうしても欲しくなってしまうのでしょう。

でもそこに愛はないから、本気になられても面倒になる。

だから、ターゲットになった男性が自分の取り巻きになったら満足し、去っていく者は追いかけないというスタンスをとっているみたいだった。

エイナは『あちらのご令嬢、私なんかよりもとても素敵よね。婚約者にも愛されていて、とても羨《うらや》ましいわ』と親衛隊の前で言う。

その言葉を聞いた親衛隊たちは『エイナ様よりも幸せな人間がこの世にいてはいけない』と思う。

かといって、彼らはエイナの幸せが第一優先ではあるものの、必要以上に人を不幸にしようとは思っていない。

だから、顔を傷つけるだけで済ませてあげていると思っているのだとか。

そして腹が立つことに、今までそのやり口で全ての男性がエイナの取り巻きになっていることが、余計に親衛隊たちの自信に繋がってしまったらしいのだった。

＊＊＊

お父様からアレク殿下に話をしなさいと言われたので、時間をとってもらいアレク殿下の部屋に伺って話をしてみたところ、案の定、反対された。

というか、お父様たちよりももっと強く反対されたので、少し驚いてしまった。

「駄目だ。君は死にかけたんだぞ？　もっと危機感を持ってくれ」

「わかっています。ですが、前回のような油断はしませんし、部屋の中以外で一人になることは絶対にしないようにいたします。それにいつかは私がターゲットになるでしょう。それなら、こちらから仕掛けたほうが予測ができて良いかと思うのです」

「了承できない。危険すぎる」

「これ以上、エイナたちの好き勝手にはさせないと心に決めたんですの。お願いです、アレク殿下、ご理解いただけませんか？」

胸の前で手を摺り合わせてお願いすると、アレク殿下は苦虫を噛み潰したような顔をして私を見た後、大きく息を吐いてから目を閉じた。

そして、自分のこめかみを右手で押さえた。

「どんなに警戒をしていてもイレギュラーは起こる。それがわかっていて理解しろという君にも問題はないか？　君には俺の気持ちは迷惑かもしれないが、俺は君を心配してるんだ」

「迷惑だなんて、そんなことは絶対にありませんわ。お気持ちはとても嬉しく思います。ですがアレク殿下、このまま見ていないふり、気づいていないふりをしていて良いのですか？　先ほども申しましたが、必ず親衛隊は私を狙うでしょう」

「……俺のせいか？」

「アレク殿下が想像以上に素敵だったことが原因の一つであることに間違いはありませんが、悪いのはエイナや親衛隊です。それに、エイナは私の想像以上に私を疎《うと》ましく思っているかと思います」

エイナは今、アレク殿下を自分のものにしようとしている。

それに、私がエイナよりも幸せになるだなんて絶対に許せないはず。

どちらにせよターゲットになるのなら、他の令嬢がターゲットにされる前になんとかしたい。

そう思って話し合いを続けた結果、危険な目に遭わないように十分に気をつけること、些細《ささい》なことでも必ず報告すること、大丈夫だとは決して思わずに何かあればすぐに助けを求めることなどを条件に、渋々といった感じだったけれどアレク殿下は納得してくれた。

ちなみに私が帰った後、アレク殿下は情報をもっと入手する必要があると、元親衛隊の人間を呼び出し今までの悪事を白状させたらしい。

どうやって白状させたかについては、ノーコメントと言われてしまったので、私も深くは聞かないことにした。

計画を成功させるためにアレク殿下とは何度も打ち合わせをしたのだけれど、その際にクズーズ殿下の話もしてくれた。

現在、クズーズ殿下は南の辺境に行っておられるそうで、私にかまっている暇はないということだった。

私のほうは、計画のために、わざとエイナと話すようにした。

エイナはピート兄様の教育を受けている時間以外、家で何もせずにのんびりと過ごしているから、その時間は十分にあった。

ある日、わざと昼食の時間を合わせて、エイナと一緒に食べることにした日、クズーズ殿下が王都にいないとわかっていたけれど聞いてみることにした。

「ねえエイナ、あなたはクズーズ殿下と上手くいっているの？」

「どうしてそんなことを聞いてくるの？」

「だってあなた、クズーズ殿下と会っているようには思えないから。私はアレク殿下とは頻繁に会っているのよ？　だから、上手くいっているのか心配になったのよ」

「そんなのエリナには関係ないでしょう？」

「関係あるわよ。あなたは私の妹なんだから」

「お姉さんぶりたいならアレク殿下を譲ってよ！」

「それとこれとは別だわ」

素っ気なく答えると、エイナは私を睨みつけた。

「最近のエリナは恋でもしているの？　化粧も覚えたみたいだし。あ、もしかして、アレク殿下に恋でもしちゃった？」

「たとえ恋をしていたとしても悪いことではないでしょう？　私はいつかアレク殿下と結婚するんだから、恋をしていたほうが、もっと幸せになれるでしょう」

「ねえエリナ」

私がアレク殿下に思いを馳《は》せているふりをすると、エイナがいつになく真剣な表情で私を見つめてきたので、私は首を傾げる。

「どうかしたの？」

「もしかしてあなた、今、幸せなの？」

「どういうこと？」

「私が悲しくて苦しい思いをしているのに、なんでエリナは幸せなの!?　どうして私ばかり怒られるの!?　幸せになるべきは私なのに！」

何かのスイッチが入ったらしく、エイナは目に涙を浮かべて続ける。

「私はここ最近は何も良いことがないの。ねえエリナ、あなたは今幸せなんでしょう？　ならアレク殿下を私にちょうだい！　一つくらい幸せを譲ってよ！」

「アレク殿下は婚約者であって私のものじゃないわ。あなたにあげるなんてできないのよ。ねえエイナ、婚約者の変更はできないの」

小さく息を吐いてから、気になっていたことを尋ねる。

「そういえばエイナ、陛下に提出するように言われていたものは提出したの？」

「提出したわ！　何の返答もないけどね！」

エイナは怒りをあらわにして立ち上がる。

「嫌な気分になったから先に部屋に帰らせてもらうわ」

「ねぇ、エイナ」

私に背を向けて歩いていくエイナに声を掛けると、エイナは振り向かずにその場で立ち止まった。その背中に大仰すぎるほど感情を込めて、語りかけた。

「ごめんね。私だけ幸せになってしまって」

普段ならこんな嫌な言い方はしない。けれど、エイナにも嫌になる気持ちを味わわせないといけないと思ったから。人として最低な発言だとは思うけれど、エイナに対しては言っても良いということにしておきましょう。

「そんなことないわ」

「……どうしたの、エイナ？」

「ありえない！　エリナはずっと日陰のままでいるはずなのよ！　私が幸せにならないといけないはずなのに、どうして私が嫌な思いをして、エリナが幸せになってるのよ！」

振り向いたエイナは、目に涙をいっぱい溜めて叫んだ。そして、私の答えは待たずにダイニングルームから出ていった。

それからすぐに、エイナが手紙を送ったとの連絡が入った。

お父様は完全にエイナを疑っており、エイナに新しい侍女を付け、その侍女にエイナが怪しい動きをしたら必ずお父様に知らせるようにと命令しているらしい。

だから、何かあれば彼女から報告があり、エイナの行動はほとんど筒抜けになっていた。

相手は話題のトログ侯爵令息ではないけれど、親衛隊の一人だった。

その男性には婚約者がいるため、密会をすることは難しい。私の家にも彼の家にもお互いを招くことができないため、偶然を装ってカフェで会う約束をしたようだった。

エイナがどんな話をするのか気になるから私もそこに行きたいけれど、私が行ったらエイナは警戒して私の話はしないと思う。

だから、こうなった場合を想定して用意していた計画を実行するため、私も動くことにした。

＊＊＊

会う約束をしたカフェに向かう馬車の中で、私はとても苛立っていた。

今まで地味で目立たず、私を引き立たせるためだけに存在していたはずのエリナが、ここ最近は身のほども知らずに美しくなったり、自分は幸せだと言い出したりしたことを思い出して、腹が立ってしょうがなかった。

——あの時、エリナが死んでくれていたら、私は姉を失った悲劇のヒロインとして、もっと周りからチヤホヤされていたはずなのに！

クララがエリナを階段から突き落としたのは予想外だったけど、これで私が主役になれるとあの時は思った。

だから、クララを褒めたのよ。それなのに……

「全て順調にいっていたはずなのに、どこからおかしくなったのかしら」

声に出して考えてみる。

「やっぱり、エリナが階段から落ちて目を覚ましてからよね？」

もしかして、エリナには記憶があるのかしら？　なら、さぞかし、あの時はショックだったでしょうね。

悲しんでるエリナを見られなかったのは残念だけど、想像ができて笑っちゃうわ！

色々と考えている内にカフェに着いたので、馬車から降りて店の中に入った。

貴族しか入れない上にティータイムの時間を過ぎていたからか、白を基調とした内装の落ち着いた雰囲気の店内には、気品のある佇まいの女性が一人、そして店の中央付近のテーブルで話に花を咲かせている四人の女性くらいで、ほとんど客はいなかった。

入り口で立ち止まっていると、店員がお好きな席にどうぞと言ってきた。

首を左右に動かして、どの席にしようか迷ったふりをしていると、店の一番奥のテーブルのほうから声が掛かった。

「あら。フォードン卿。いらしていたんですね」

「エイナ様！　偶然ですね！」

手紙で打ち合わせた通り、たまたま出くわしたみたいに挨拶を交わして、私は親衛隊の一人であるフォードン伯爵家次男のフォードン卿に近づいた。

赤茶色の天然パーマの長髪を揺らしながらフォードン卿は立ち上がって、私を誘ってくる。

「よろしければご一緒にどうですか？」

「あら、よろしいんですの？」

笑顔でフォードン卿に近づこうとすると、後ろに立っていた侍女が声を掛けてきた。

「エイナ様。婚約者がいらっしゃいますのに、他の殿方とテーブルをご一緒するのは良いとは言えないのではないでしょうか」

「気にしなくて大丈夫よ。店の中には他の人もいるし、二人きりではないんだから」

「エイナ様がよろしくても、お相手に婚約者がいらっしゃるのなら、その方が良く思われないのではないでしょうか」

「だから大丈夫だってば。やましいことはないんだから」

この侍女ってば冗談を言ってもニコリともしないけど、仕事はしっかりしてくれるし、エリナを褒めることがないから、結構気に入ってるの。口うるさいのが玉に瑕《きず》なんだけどね。

「差し出がましいことを申してしまい、申し訳ございませんでした」

「いいのよ、気にしないで。その代わり二人で話をさせてくれる？」

「承知いたしました。店の外に出てお待ちしております」

「よろしくね」

侍女が出ていくのを見送った後、フォードン卿のもとに向かい、彼の向かいの席に座った。

「お久しぶりね、お元気でしたか？」

「もちろんです。エイナ様は相変わらず可愛らしい。僕の婚約者に爪の垢を煎じて飲んでほしいくらいです」

「あら、やだ。そんなことを言っては失礼よ。あなたの婚約者とはお会いしたことはないけれど、とても可愛らしい方だと聞いたことがあるわ」

「エイナ様の可愛さに比べたら天と地ほどの差がありますよ」

「お上手ね。でも、そんな話を誰かに聞かれては大変です。そのお話はここまでにしましょうね」

「わかりました」

笑いかけると、フォードン卿はだらしのない笑みを浮かべて頷いた。

フォードン卿は昔から私に好意を寄せてくれている。最初はストーカーじみていて気持ち悪かったんだけど、上手く使えば役に立つということに気がついたのよね。

私ったら頭がいいわ！

自分の思い通りにならない男性の婚約者を彼の前で羨《うらや》んでみたことがあった。すると次の日、口にした婚約者が暴漢に襲われ、顔に深い傷を負ったと聞いた。

しかも、その数日後には婚約者の男性がその女性との婚約を破棄したと聞いて、私がその男性を慰めてあげたら、私のことを好きになったの！

親衛隊たちは私のことを傷ついている男性を慰める優しい天使だと祭り上げてくれたし、何度か同じことをやってみたら、本当に全部上手くいったのよね。

日陰にいないといけない存在が日の当たる場所に出てくるっていう調子に乗った行為をしたんだから、エリナにも同じように痛い目を見てもらうわ！

注文したお茶が運ばれてきたので、テーブルの上に置いていた扇を手に取り、それを開いて笑みを隠してから口を開いた。

「ここ最近、エリナが羨《うらや》ましくってしょうがないんです」

「何かあったんですか？」

ちょうど本題を話し始めた時、私たちの後ろのテーブル席に誰かが座ったので確認しようとしたけど、フォードン卿がぐいと身を乗り出して私に尋ねてきたので、確認するのをやめた。

「こんなことを言っては失礼かもしれませんが、エリナ様は悪魔だと言われていて、たくさんの人から忌み嫌われているじゃありませんか」

「フォードン卿、エリナのことを悪く言うのはやめてちょうだい。私の姉なのよ？　姉のことをそんな風に言われたら辛いわ」

フォードン卿のような反応が普通なのよ！　私が望んでいたのはこんな風に褒めてもらうこ

とよ！

笑い声を上げてしまいそうになるのを何とかこらえて、悲しんでいる表情を作ってからフォード

ン卿に顔を見せて続けた。

「エリナにも優しいところはあるのよ？」

「ですが、エイナ様を悲しませるだなんて！」

「良いの。きっと私が知らない間にエリナに嫌な思いをさせてしまったのよ。そして、クズーズ殿

下とアレク殿下に嘘の話をしたんだわ」

「……どういうことですか？　エイナ様はクズーズ殿下と愛し合っておられるのでは？」

私とクズーズ殿下の件は親衛隊の耳にも届いているみたいで、私が幸せになるのであれば、と親

衛隊たちの間では好意的に受け止められていると聞いている。

「そうだと思っていたんです。けれど最近、クズーズ殿下の態度が冷たくなって……。会いたいと

言っても会ってくださらなくなったんです」

扇を自分のテーブルの上に置いてから、目を潤ませながらフォードン卿を見つめる。

「きっと、エリナからクズーズ殿下を奪ってしまったから、私はエリナに嫌われてしまったのね。

エリナは要領が良いからクズーズ殿下に自分の都合の良い話をして、私を嫌うように仕向けたんだ

わ。私もエリナみたいに気が強くて平気で嘘のつける人間だったら良かったのに、って思ってしま

うわ」

「エイナ様！　相手は悪魔です！　羨《うらや》ましがる必要なんてありませんよ！」

「いいえ。生きていくためには汚い心も必要だわ。私は甘い人間なの。でも、人に優しくする気持ちは忘れたくないし、嘘だってつきたくないのよ！　でも、平気で嘘をつける人間が幸せになることも事実なんです！　だから、エリナのようにならないとって……」

うっうっと両手で顔を覆い泣き真似《まね》をする。すると、フォードン卿が胸に拳を強く当てて言う。

「お任せください、エイナ様！　エリナ様のことは僕がどうにかいたします！」

「どういうこと、ですか？」

「エイナ様を悲しませる人は、誰であっても許せませんし、許しません！」

「で、でも、何をしようと言うんですか？」

「エリナ様が二度とそんな嘘をつけなくなるようにしてみせましょう」

「そんな！　物騒なことを言うのはやめてください！」

そうよ、そうよ！

その調子！

心の中ではそう思っているけれど表には出さず、何度も首を横に振る。

「そんなことをしたら大変なことになってしまうわ！　エリナは公爵令嬢でアレク殿下の婚約者なのよ!?　あなたが処刑されてしまうかも！」

「大丈夫です！　僕には仲間がいます！　今までだって上手くやってきたんです。今回だって上手くやってみせます！」

「でも、エリナを傷つけるようなことを望むなんて」

「いいですか、エイナ様。あなたを悲しませるなんてエリナ様は悪魔です！　悪魔に情けは必要ありません！　僕ら親衛隊にお任せください！　必ずや、二度とエイナ様の悪口を言うことができないようにさせてみせます！」

フォードン卿は立ち上がり、声高に叫んだ。

「ちょっと、声が大きいわ……」

大きな声で叫んだら、バレちゃうでしょ！

慌てて両手を顔から離して、フォードン卿の言葉を止めようとした、その時だった。

「えらく物騒な話をされてますわね」

少し離れた席に一人で座っていた女性が立ち上がり、私たちのもとに近寄ってきた。

その顔に見覚えがあって、自分の記憶を探ると、すぐに思い出した。

アレンドロ公爵令嬢だわ。たしかアレンドロ公爵は娘が欲しかったけれど授からなかったから、親戚筋から養女をもらったのよ。養女だから、クズーズ殿下やアレク殿下の花嫁候補にあがらなかったんだわ。

「ごきげんよう、アレンドロ公爵令嬢」

「ごきげんよう、エイナ様」

アレンドロ公爵令嬢は優雅にカーテシーをした後、驚いた顔をして私の後ろの席に目をやった。

——何なの？

そう思って振り返ろうとした時、アレンドロ公爵令嬢がその誰かに話しかけた。

「ごきげんよう。殿下のご尊顔を拝見できて光栄ですわ」

「アレンドロ公爵令嬢か。君の兄にはお世話になってる」

「とんでもございませんわ。兄がご迷惑をおかけしていなければ良いのですが」

「迷惑どころか、色々と助けてもらっているよ」

アレンドロ公爵令嬢と話をしているのって、アレク殿下じゃない!?

そういえば、このお店には彼と来たことがあるわ！　どうしよう。いつから聞かれていたの？　私、何もおかしなことは言っていないわよね？

「今日は殿下はお一人で？」

「いや、エリナと待ち合わせをしてる。もうすぐ来るだろう」

私と婚約者だった時は、エイナ嬢と呼んでたじゃない！　どうしてエリナはエリナ呼びなのよ？

苛立って、二人の会話に割って入ろうとした時、動きを止めていたフォードン卿が口を開いた。

「で……、殿下？」

「やっと気づいたか。さっきから人の婚約者のことを言いたい放題言ってくれていたな。しかも物騒な話まで」

フォードン卿の呟きが聞こえたのか、アレク殿下は立ち上がると私とフォードン卿を見下ろして冷ややかな笑みを浮かべた。それと同時に店の扉が開いたのでそちらに目を向けると、エリナが中に入ってくるのが見えた。

――どうして、こんなことになるのよ⁉

＊＊＊

私は『ＣＬＯＳＥＤ』と書かれたプレートが掛けられた店の扉の前でエイナの侍女と合流し、店に入ってきても良いという連絡をもらうまで、メイドのココたちと待っていた。少ししてミズリー様の侍女が店の外に出てきて私に頭を下げた。

「エリナ様、ミズリーお嬢様がエイナ様と接触されました。アレク殿下も近くにいらっしゃいます」

「ありがとう。付き合わせてしまってごめんなさいね」

「とんでもございません。お嬢様から事情はお聞きしました。少しでもお役に立てたのであれば幸いでございます」

年配の侍女が深々と頭を下げてくれたので、顔を上げてくれるのを待ってからもう一度お礼を言うと、店の扉を開けてくれた。

中に足を踏み入れると、人払いされているからか関係者の姿しか見えず、店の奥のほうにミズリー様たちの姿が見えた。

その手前の店の中央付近に女性四人が座っていた。その内の一人と目が合うと小さく会釈《えしゃく》してくれたので、私も軽く会釈《えしゃく》を返した。

「エリナ」

アレク殿下に名を呼ばれ、相変わらず黒ずくめの彼に視線を向ける。

「アレク殿下！　お待たせしてしまいましたか？」

「いや。ただ、気分の悪くなる話は聞いてしまったがな」

「気分の悪くなる話ですか？」

「いや、エリナは気にしなくていい」

最近になって彼は私のことをエリナ嬢ではなく、エリナと呼び始めている。私も彼のことをアレクと呼ぶようにと言われているけれど、なんだか気恥ずかしくて、いつもアレク殿下になってしまっていた。

アレク殿下がいるテーブルに近づき、すぐ横に立っているミズリー様のことを、今、気がついたふりをして声を掛けた。

「ミズリー様、ごきげんよう」

「ごきげんよう、エリナ様」

ミズリー様と顔を見合わせて微笑み合う。

「ミズリー様は誰かと待ち合わせですの？」

「いいえ。このお店のブレンドティーが好きで、よくここに足を運んでいるんですの」

「そうなんですね。私はここは初めてなんです。アレク殿下はエイナと何度かいらしていたのですよね？」

「まあな。彼女がこの店を好きだったから指定されてよく来ていた。なあ、そうだろう？　エイナ嬢」

わざと私がエイナに気がつかないふりをしていると、アレク殿下が彼女に話を振る。

エイナは体をびくりと震わせてから、私たちのほうを振り返った。

「ご、ごきげんよう、アレク殿下」

「やあ、エイナ嬢。君の連れが物騒な話をしているのに、それを止めようともしなかったな」

「な、何の話でしょうか？」

エイナの声は上ずっていて、かなり動揺しているみたいだった。

アレク殿下とミズリー様とは事前に打ち合わせをしていた。二人にはエイナが親衛隊と話をしている時にその場に居合わせてもらい、親衛隊やエイナの口から過激な発言が飛び出したところで私が合流する、という話になっていた。

なぜ、ミズリー様にも付き合ってもらったかというと、アレク殿下の発言が嘘だとエイナに押し切られては困るので、信用のある人に証人になってもらいたかったからだ。

「エイナ、あなたも来ていたのね。でも、そちらにいらっしゃる方はどなたなの？」

驚いた顔をして問いかけると、エイナは焦った顔のまま向かいの男性を紹介し始めた。

「フォードン卿よ。たまたまここで出会ったから、ご一緒させてもらったの」

「エイナ、婚約者以外の男性と仲良くするなとは言わないけれど、誤解されてしまうような真似《まね》はしないほうがいいわ」

「誤解されるようなことはしていないわ！　一緒にお話をしていただけで」

「あなたたちはそんなつもりでなくても、知らない人が見たら勘違いするかもしれないじゃない。特にフォードン卿の婚約者とか？」

「彼女はこの店には来ませんので、心配ありません！」

フォードン卿は立ち上がり、私を睨みつけてきた。

「それよりも、あなたの振る舞いをどうにかしたほうが良いかと思います」

「おい、お前」

フォードン卿の不躾《ぶしつけ》な言葉を聞いて、アレク殿下が間に割って入ってこようとしたけれど、私がアレク殿下の左胸に右手を当てると、不服そうな顔をしながらも口を噤《つぐ》んでくれた。

「私の振る舞いとは、どんなことを言っておられるんです？」

「エイナ様に辛く当たるのはおやめください！　エイナ様がどれだけ傷ついていると思っているんですか！」

「エイナに辛く当たったりした覚えはないのだけれど？　もちろん、彼女のことを思って厳しいことを言ったことはあるかもしれません。もしかして、あなたはそのことを言っているのかしら？」

「エイナ様のような素晴らしい女性に、いくら外見が綺麗になったからといって、中身が悪魔のようなあなたが意見をしていいはずがありません！」

フォードン卿の言葉を聞いて、アレク殿下がまた何か言おうとしたので、彼を見て首を横に振る。

すると、彼は眉根を寄せて聞いてきた。

「いつまで我慢すればいいんだ？」

打ち合わせ通りに、と言いたかったけれど言えるはずもなく、無言でアレク殿下を見つめると彼は大きく息を吐いた。

早くフォードン卿から聞きたい言葉を聞き出さないと、アレク殿下にもっと嫌な思いをさせてしまうわね。

私はフォードン卿に笑顔を向け、口を開いた。

「ではエイナにではなく、あなたに言わせてもらうわね？」

「僕に？」

「ええ。あなたはエイナと仲良くしてくださっているようだけれど、婚約者がいらっしゃるのにカフェで他の女性と会っているだなんて、配慮が足りないのでは？」

「僕の婚約者はあなたのように心が狭くはありません！　それにエイナ様よりも大事な人なんて、この世にはいないんです」

「自分が何を言っているかわかっているんですか？　あなたには婚約者がいらっしゃって、いずれはその方と結婚するのでしょう？」

「わかっていますよ。家族は大事にするつもりです。ですが結婚してもずっと、エイナ様を思い続けます」

視界の隅でエイナが笑みを浮かべないように必死にこらえている姿が見えた。

ここって笑えるところなの？　この人、最低な発言をしていると思うんだけど……

その時、背後からガタリという音が聞こえた。音のしたほうを振り返ると、茶色の長い髪をツインテールにした小柄な女性が立っていた。

　こちらに背を向けていたその女性が、くるりと顔をこちらに向けた瞬間、フォードン卿が叫んだ。

「ジェシカ！　どうしてここに⁉」

「どうしてここにですって？　あなたこそ、どうしてここにいるの？　私が以前ここに来たいと言った時、あなたはこんな可愛らしい雰囲気の店は嫌だと言って断ったわよね？」

　フォードン卿の婚約者であるジェシカ・デンリ伯爵令嬢はツインテールにした髪を激しく揺らして大股で近づいてくると、立ち上がったフォードン卿の左頬を平手打ちした。

「この最低男！」

「ジェシカ！　どうして⁉　いつも君はそんな髪型を嫌ってるのに⁉」

「どんな髪型をしようが私の勝手だわ！　あなた、私にエイナ様の爪の垢を煎じて飲ませたいって言っていたの聞こえていたわよ！　それにエイナ様よりも大事な人がこの世にいないし、これからも思い続けるですって⁉　ふざけないでよ！」

　怒りが再燃したのか、デンリ伯爵令嬢はもう一度フォードン卿の左頬を平手打ちすると、彼を見上げて告げた。

「婚約を解消させてもらうわ。結婚しても他の女性を思い続ける男性なんて、お断りよ」

「そんなジェシカ！」

　フォードン卿が情けない声を上げると、彼女と一緒のテーブルに着いていた女性たちが一斉に立ち上がった。そしてこちらに近づいてくるとフォードン卿に向かって口々に叫び始めた。

「大人しく婚約を解消してあげてくださ い！　ジェシカへの酷い発言だけでなく、エリナ様に危害を加えようとする発言をされていたことも聞こえていましたからね！」

「そうよ！　あなたみたいな最低な男にはジェシカはもったいないわ！」

「ジェシカのことを思うなら、素直に婚約を解消してくださいね！」

デンリ伯爵令嬢の友人たちに叱られ、フォードン卿はみるみるうちに涙目になる。

ふと視線を感じて目を向けると、デンリ伯爵令嬢と目が合ったので彼女に話しかけた。

「悲しい話を聞かせてしまってごめんなさいね」

「いいえ、エリナ様。結婚してから気づくのと、その前に気づくのとでは全く違ってきますから。こんな機会をいただいて、お礼を言いたいくらいです」

本来なら偶然を装ってこの場に居合わせたようにしたかったのだけれど、私の気持ちがそれどころではなくなってしまって、ついつい話しかけてしまった。

そんな都合よく知り合いばかりがこの店に集まるわけがないし、どうせバレてしまうでしょうし、いいわよね？

エイナが、フォードン卿と会うとわかった時点で、婚約者であるデンリ伯爵令嬢には連絡を取っていた。

もちろん、彼女にとって不快なものになるかもしれないということを伝え、承諾を得てから、この店に来てもらった。

デンリ伯爵令嬢は悲しげな笑みを湛《たた》えて、再び口を開いた。

「エリナ様のお話は、社交界の女性の間で広まっております」

「私の話？」

「ええ。今まではエリナ様がエイナ様をいじめているという噂が広まっておりましたが、今広まっているのはそれを否定する話です。私は母から聞いた話が最初でしたが、今では色々なところで耳にしますし、今回のことで、より確信を持てました」

デンリ伯爵令嬢は深々と頭を下げる。

「エリナ様には本当に感謝しております。お礼になるかはわかりませんが、思いやりのある方だということを私からも広めてまいります」

「そ、そんな！　私に思いやりなんて！」

「いいえ。私をこちらに呼んでくださる際に、知らなくてもいいことを知るかもしれない、私が傷つくかもしれないから来なくてもいいし、傷つくことになっても真実を知りたいなら来てほしい、と配慮までしてくださいました。この場を設《もう》けていただけなかったら、私はこんな男と結婚するところでした」

デンリ伯爵令嬢はフォードン卿を一睨みした後、また私に目を向けて微笑んだ。

彼女が微笑んでくれたのでホッとしていると、強い視線を感じる。そちらに目を向けると、悔しそうな顔をしてエイナが私を睨んでいるのがわかった。

「では、ここで失礼させていただきますわ」

「待ってくれ、ジェシカ！」

私たちに挨拶してから背を向けて歩いていくデンリ伯爵令嬢を、フォードン卿は追いかけようとしたけれど、アレク殿下が肩を掴んで止めた。

「待て。君との話は終わっていない」

「そんなっ！」

フォードン卿は助けを求めるかのようにエイナを見たけれど、エイナは目を潤ませてアレク殿下に話し始めた。

「フォードン卿が物騒なことをおっしゃっているのはわかっていたんですが、怖くて止められなかったんです。それに、フォードン卿も悪気はなかったんです！」

さすがに親衛隊の一人を簡単に切り捨てることはできないのか、エイナは自分の保身をしつつも、フォードン卿を助けに入る。けれど、アレク殿下はエイナのことは歯牙にもかけずに、フォードン卿に向かって言う。

「君はエリナを傷つける発言をしていた。エリナがどんな人物かは知っているよな？」

「そ、それは、もちろんでございます」

「それなのにあんな発言をしたのか？」

「……フォードン卿はどんな話をされていたんです？」

アレク殿下の眉間の皺《しわ》が先ほどよりも深く刻まれているので、私はその話を聞いていたミズリー様に尋ねる。

「エリナ様がお聞きになっても不快な気分になるだけだと思いますわ」

「悪魔だとかおっしゃっていた感じですか？」

「本当に失礼な話だとしか申し上げられませんわ」

私がしつこく聞くからかミズリー様は苦笑した。

「お願いします！　アレク殿下！　見逃していただけないでしょうか⁉」

フォードン卿が腰を折ってお願いするけれど、アレク殿下はその願いを容赦なく拒否した。

「そんなことできるわけがないだろう。これでも怒りを我慢しているんだぞ」

「アレク殿下、落ち着いてください！　フォードン卿、あなたはカッとなって口に出してしまっただけで、エリナを傷つけるつもりはなかったのよね⁉」

「そ、そうです！　あまりにもエイナ様が可哀想で感情的になってしまっただけです！　本当に危害を加えるつもりはありませんでした！」

フォードン卿はさすがにアレク殿下の前で再度、私の悪口を言えないようで必死に訴え続ける。けれど、アレク殿下が認めるわけがなかった。

「俺がそんな言葉を信じる甘い人間に見えるのか？　わかっていないようだから教えてやろう」

アレク殿下の言葉に反応して、私たちの様子を見守っていた店員が店の扉を開けたかと思うと、店の中に何人もの騎士が入り込んできた。

「俺はこれでも第二王子だからな。護衛なしでは動けないんだ。だが、ちょうど良かった」

アレク殿下は冷たい笑みを浮かべた後、近寄ってきた騎士に指示を出し始めた。

「彼はエリナに危害を加えると大声で宣言していた。警察に連れていってくれ。それから仲間がいるようだから、仲間の名前を吐かせてくれ。この男とその仲間たちが令嬢の顔を傷つける通り魔事件に関わっている可能性が高いから、それも調べるように」

「承知いたしました」

騎士は一礼してからフォードン卿に近づく。彼は逃げようとしたけれどすぐに捕まり、両腕を後ろに回されて紐で縛られた。

「やめてくれ！　こんなことが両親に知れたら大変なことになる！」

「やめてあげてください！　アレク殿下の言うことを信じるんですか⁉　私がやめてほしいと言っているんですからやめてください！」

泣き叫ぶフォードン卿を助けるために、エイナが叫ぶ。

アレク殿下の言葉と自分の言葉、どちらを信じるか訴えに出たみたいだけど、エイナがそうするだろうことはこちらも予測済みだった。

「アレク殿下の言葉が正しいですわ。私にも聞こえているくらいですから、エイナ様、あなたに聞こえていないわけがないですわよね？　あなただって声が大きいとおっしゃっていたじゃないですか」

「そ、それはっ！」

ミズリー様に指摘されたエイナの表情が歪んだ。

アレク殿下だけなら、前回のようにエイナの証言が認められる可能性があったけれど、今回はミズリー様がいるから、自分の証言が退けられる恐れがあることに気がついたみたいね。

「アレク殿下の婚約者であり、公爵令嬢でもあるエリナ様に、危害を加えるような発言をしたというのに、許されると思っているのですか？」

「口にしただけです！　本当にするつもりではなかったんです！」

「それを素直にそうだと受け止めて、実際に何か行動を起こされても困るんだ。疑わしいものは徹底的に調べる。それで何もなかったなら、それならそれで良い。早く連れていけ」

アレク殿下はフォードン卿に冷たく答えると騎士を促す。

「そんなっ!!　エイナ様！　助けてください！　このままじゃ僕は！」

フォードン卿はエイナに助けを求めて泣き叫ぶ。しかしエイナはついに彼を切り捨てると決めたようで、目に涙を浮かべて、連れていかれるフォードン卿に語りかけた。

「ごめんなさい。私が非力だからあなたを助けてあげられなくて……。言ったでしょう？　エリナのせいでアレク殿下は私のことを信用しなくなっているの」

「エイナ様っ！」

エイナは、フォードン卿に私への悪い印象を残させつつ、守ってあげたいけれど守ってあげられないアピールをしていた。

感心している場合ではないけれど、エイナも冷静になれば世渡りは上手なのかもしれないわ。

フォードン卿はかなり抵抗したけれど、結局は騎士たちに引きずられるようにして連れていかれ、店から出ていった。

店の中が一気に静かになると、エイナは椅子に座って私を睨みつけてきた。

「エリナ、よくも私のお友達に酷いことをしてくれたわね！」

「詳しいことはわからないけれど、フォードン卿は私の悪口を言っていたんでしょう？　姉の悪口を黙って聞いていたほうにも問題があるんじゃないの？」

「黙って聞いてなんかいないわ！　一応、止めたわよ！」

エイナの言葉を聞いてミズリー様とアレク殿下を見ると、二人は首を横に振った。

「止めるようなふりはしていらっしゃいました」

「本気で言っているようには聞こえなかったがな」

「だそうよ？」

二人の返答を聞いてからエイナを見ると、先ほどの涙はどこへやら、明らかに憎悪《ぞうお》の眼差しを私に向けていた。

アレク殿下とミズリー様がいるのに本性を出してしまったということは、もう猫をかぶる余裕もないみたいね。

「エリナ。あなた、記憶がなくなったなんて嘘なんでしょう？」

「どうしてそんなことを聞くの？」

「だっておかしいじゃないの！　今までは何があっても気にしなかったあなたが、階段から落ちてから人が変わったみたいになってるわ！　私とクズーズ殿下の逢瀬《おうせ》の場面を見たのね？」

「さあ？　どうだったかしら？　見たような気もするし、そうでもないような気もするし……。でも、どうせ逢瀬《おうせ》といっても、肉体関係を持ったわけではないのでしょう？」

「最後まではしていないけれど、キスくらいはしたわよ！」

なぜか、エイナがふふんと私を鼻で笑い、胸を張る。

私よりも先にファーストキスを済ませた、とでも言いたいのかしら？

別に羨《うらや》ましいとも何とも思わないのだけれど、エイナは私よりも先に経験していることが嬉しいみたいね。

「そう。おめでとう」

「おめでとうってどういうことよ⁉　その時のクズーズ殿下はあなたの婚約者だったのよ⁉」

「でも今はそうじゃないもの。それにこんなことを言ってはなんだけれど、クズーズ殿下との婚約はあなたに私のお下がりを押しつけたみたいになってしまったわね」

右頬に手を当ててエイナを哀れむように見る。

自分で言うのもなんだけれど、本当に私って嫌な女だわ。わざととはいえ、これを聞いた人に悪魔だと言われてもおかしくないかもしれない。

「キスをしたと自慢されても困る。その時の君の婚約者は俺だろう。堂々と浮気発言をするところはすごいと感心するがな」

アレク殿下が苦笑すると、ミズリー様もそれに同調するように頷いた。

「本当ですわ。クズーズ殿下とエイナ様のお二人共が浮気ですわね」

「そ、それは……！」

エイナは思わず口を押さえてから、慌てて反論する。

「今はそんなことは関係ありません！　気分を害しましたので失礼しますわ！」

エイナは都合が悪くなったからか、私たちの返事を待たずに荒々しく音を立てて大股で店を出ていった。

「今日は本当にありがとうございました」

エイナが出ていってからミズリー様に頭を下げると、彼女は微笑んで首を横に振った。

「少しでもお役に立てたのであれば良いのですが」

「本当に助かりましたわ。連れていかれたフォードン卿が素直に親衛隊の悪事を白状してくれればいいのですが」

犯人が捕まり、軽い罪ではなく、彼女たちの目の前に二度と現れないような重い罪になれば、ミズリー様のご友人の恐怖は和らぐかもしれない。

エイナたちがお会計をせずに出ていってしまったので、ミズリー様の分も合わせてお会計をしてから店を出る。その場でミズリー様と別れ、彼女の乗った馬車が去っていくのを見送った。

「今日はありがとうございました」

「俺が勝手に付き合うと言っただけだ」

アレク殿下に頭を深く下げてお礼を言うと、彼は苦笑しながら首を横に振った。

元々、アレク殿下に無理に付き合ってもらうつもりはなかった。けれど、部外者でいるのを彼が嫌がったので、ここに来てもらったのだ。

「そういえば……」

「何でしょう？」

「エイナ嬢は君よりも先に何かすることに優越感を抱いているのか？」

「たぶん、そうだと思います」

キスの話をしているのかしら？

口に出すのは恥ずかしいので、聞き返すことはせずに頷く。

「じゃあ君と俺が彼女たちよりも先に結婚して初夜を迎えたら、エイナ嬢はそれはもう悔しがるんだろうな」

「なっ⁉　アレク殿下！　からかわないでください！」

アレク殿下が意地悪そうな笑みを浮かべたので、からかわれているのだとわかって非難の目を向ける。けれどアレク殿下はそんな私の気も知らず、私の頭を優しく撫でた。

「本気だったんだが？」

「――っ⁉」

アレク殿下は端整なお顔を近づけてきてそう囁《ささや》く。

でも恋愛経験ゼロの私にはその言葉への返事がわからず、手で顔を覆って熱くなった頬を隠すことしかできなかった。

第四章

アレク殿下からの圧力があったのか、それとも司法取引でもしたのか、フォードン卿は今までの親衛隊の悪事を警察に話した。

リーダー格であるトログ侯爵令息は、フォードン卿が捕まったとわかった時点で他国へ逃亡してしまった。まさか、国外逃亡するとは思っていなくて、私の詰めの甘さが露呈してしまった。

トログ侯爵令息が逃げた先は、犯罪人引き渡し条約が結ばれていない隣国だった。これで終わりかと諦めかけたけれど、その国はピート兄様がお世話になっている国であったため、公爵家の方に手を回してもらった結果、別件で逮捕されて国外追放となり、またこちらの国に戻されることになった。

あの事件から二日後、自分の詰めの甘さを反省しつつ、お父様の執務室で休憩していた。

なぜお父様の執務室なのかというと、仕事を手伝っているからだ。

この国の王妃の仕事は外交面が主なので、一般教養や他国の文化や礼儀などを勉強していれば毎日仕事に追われるということはない。

けれど、公爵夫人となると話は変わる。

夫人に家のことを何もさせない人もいるけれど、アレク殿下は私が仕事をしたいならすれば良いと言ってくれたので、その時のために夫人としてやるべき仕事を覚えることにしていた。

エイナはあの日から一切、部屋から出てこようとしなかった。食事も自分の部屋でとっているから、私的には彼女の顔を見ずに済むので気が楽だった。

そんなある日の夜、お父様が夕食の場でピート兄様に話しかけた。

「ピート、悪いが、向こうの公爵家に戻る日にちを延ばすことはできるか？」

「それはかまいませんが、何かありましたか？」

「南方の国境でトラブルが起きた」

「トラブルですか？」

お父様とピート兄様の話に割って入ると、お父様は私を見て頷いた。

「元々、国境を接している南の隣国で怪しい動きがあり、クズーズ殿下が調べに行っていたんだ」

「クズーズ殿下が？」

「ああ。王位継承権を失いたくないために自ら向かったらしい。そこで実績をあげれば陛下も認めるつもりみたいだったが……」

「上手くいかなかったということでしょうか？」

「そういうことだ。まあ、戦争になるほどの大事《おおごと》ではないがな」

そう言って、お父様は詳しく話してくれた。

怪しい動きというのは、隣国の犯罪組織が私たちの国に密入国した形跡があるのだという。

隣国の入国管理局がその情報を手に入れて、捜査のために入国の手続きは取ったものの、入国の理由を知らせず、南の辺境の地を好き勝手捜査していたところ、その地を治める辺境伯に見つかりトラブルになったそうだ。

「簡単に処理できるはずだし、こんなに時間がかかるなんておかしいと思ったんだ」

ピート兄様がこめかみを押さえて呟くので、何か知っているのかと思って首を傾げながら彼を見る。すると、私の視線に気がついたピート兄様は、こめかみに当てていた手を下ろして黙ったまま微笑んだ。

私にはまだ、教えられないってやつかしら？

「いつかは教えてくださいます？」

「もちろん。あ、でも、アレク殿下はエリナに話したいようだから、アレク殿下に聞けばいい」

「どうしてアレク殿下に？」

「エリナはアレク殿下と頻繁に会っているのに浮いた話はしないそうだね？」

ピート兄様に聞かれて頬が熱くなる。

「まあ、エリナったら、顔が真っ赤になっているわよ。ふふ。アレク殿下と上手くいっているのね」

「う、上手くいっているといいますか、婚約者なんですから上手くいくようにしないといけないのではないですか？」

熱くなった頬を押さえながらお母様に言うと、お母様は好奇心を隠さず口角を上げてピート兄様に尋ねた。

「アレク殿下はエリナのことをなんておっしゃってるの？」

「アレク殿下は――」

「ピート兄様！　その話は今はしなくて大丈夫です！　それよりもお父様、話を続けてください！」

私の反応を見てピート兄様は楽しそうに笑い、お母様は拗《す》ねたような顔をされたけれど、お父様は苦笑しただけだった。お父様は頃合いを見て話を再開した。

隣国は勝手に捜査したことを謝りはしたらしいのだけれど、そこに急に入ってきたクズーズ殿下が隣国に慰謝料を求めたらしい。

それに対して相手側が反発したことで交渉が長引き、苛ついたクズーズ殿下が相手国の文化や人格を否定するような失礼な発言をしたのだという。相手の指揮官も激怒してクズーズ殿下に汚い言葉を吐いたことで、周りにいた騎士同士が一触即発状態になった。

すぐに冷静になった相手の指揮官はクズーズ殿下に謝ったのだけれど、クズーズ殿下は謝罪を受け入れず、自分の騎士に指揮官を殺せと命令したらしい。そのせいで騎士同士の戦いに発展してしまった。

死亡者は出なかったけれど、怪我人が多く出たところで相手の指揮官が額を床につけてクズーズ殿下に謝罪し、その頃には冷静になっていたクズーズ殿下がやっとそこで謝罪を受け入れたらしい。

「クズーズ殿下に交渉事は向いていないと判断された陛下は、アレク殿下を南方に送ることにした」

「アレク殿下が行かれるのですか？」

「ああ。エリナ、お前も一緒に行ってきなさい」

「わ、私もですか!?」

予想もしていなかったことを言われて驚くと、お父様は頷いた。

「別に戦争をしているわけじゃないし、敵国というわけでもないからな。今回の小競《こぜ》り合いもクズーズ殿下が他国を尊重しようとしなかったから起きたことだ。他国を知る良い機会と思って、行ってきなさい」

「ですが、クズーズ殿下もいらっしゃるんですよね？」

せっかくクズーズ殿下と顔を合わせなくなってホッとしていたのに、わざわざ彼に会いに行かないといけないなんて……

憂鬱《ゆううつ》に思っていると、お父様は首を横に振ってため息をついた。

「クズーズ殿下のいる場所に行く必要はないから、お前は平民の暮らしを見てきなさい。辺境伯には話をしておくから」

「平民の暮らし、ですか？」

訝《いぶか》しげに尋ねると、代わりにお母様が答えてくれた。

「私も結婚前に見に行ったわ。どうしてだかわかる？」

「平民の暮らしを見たほうが良いからですか？」

「ええ。土地によって多少の違いはあるけれど、暮らしぶりは似たようなものよ。平民の生活に一時でも混じれば、公爵夫人として何ができるか考える良いきっかけになると思うわ。もちろん、身分は隠さないと駄目よ？　それに夜に出歩くのも禁止。危険だと言われている地域に行くのも駄目。辺境伯領は治安が良いことで有名だけれど、悪い人間がいないわけではないから気を付けるのよ」

お母様は優しく微笑んで、私の手に自分の両手を置いてそっと握ってくれた。

私が行くことで迷惑をかけることにならなければいいのだけれど。

でも、お母様のおっしゃる通り、実際に平民の生活を見てみることも公爵夫人として大切なことだわ。

公爵家の領民は私の顔を知っている人が多いから、街中に紛れ込んでもバレてしまう可能性はあるけれど、辺境伯領なら私の顔を知っている人は圧倒的に少ないだろうから、大丈夫よね。

覚悟を決めていると、ピート兄様が言う。

「僕も一緒に行くから心配しなくていいよエリナ。あと、エイナも連れていこうか。エイナには未来の旦那様と自分が何をしないといけないのか確認させてから、未来の旦那様と先に帰らせるよ」

「でも、そんなことをする意味はありますか？　エイナを連れていくなんて余計に不安です」

あの子が何を仕出かすかわからないから、連れていくのは怖いわ。

「エリナ、君はアレク殿下の力になりたくないのか？」

「いいえ、なりたいです!!」

「じゃあ、どうにかしてクズーズ殿下を国王に、エイナを王妃にしなくちゃいけないよね？」

ピート兄様が笑顔でそう聞いてくるけど、何を考えているのか本当にわからないわ。

アレク殿下に協力しようとしているのは間違いないけれど、どうしてエイナを連れていくことで、クズーズ殿下が国王に、エイナが王妃になれるのかしら。さっぱりわからないけれど、何か考えがあるのよね？

そう納得してから、すっかり冷めてしまったスープをすくい、口に運んだのだった。

＊＊＊

南方の辺境伯領までは馬車で約十日ほどかかり、その内の一日は野宿という貴重な体験をした。

エイナは、行く前は不機嫌そうだったけれど、旅が始まってからは道中で騎士たちにチヤホヤされて、それはもうご満悦だった。

私はそれがありがたかった。違う馬車で移動はしているけれど、宿ではどうしても顔を合わせることになる。

そうなった時、エイナの機嫌が良いのと悪いのとでは全然違ってくるからだ。

アレク殿下はそんなエイナを見て、「幸せの絶頂から谷底へ落とされる人間はどんな表情をするのだろう」と恐ろしいことを言っていたので、エイナの幸せはそう長くは続かない気がした。

馬車はアレク殿下と一緒で、現地に着くまでほとんどの時間をアレク殿下と過ごした。

ずっと一緒にいるのに、嫌な気分になったりしないのは相性が良いからかしら？

馬車の中で、眉間に皺《しわ》を寄せて書類に目を通しているアレク殿下を見て、そんなことを考えていた。

「そんなに見られていると気になるだろう」

不躾《ぶしつけ》に見ていたせいか、向かいに座っているアレク殿下が書類から目を上げる。

「申し訳ございませんでした」

慌てて頭を下げて謝ると、太腿の上に置いていた小説を手に取った。けれど、アレク殿下は話を続けた。

「申し訳ないと思うなら、敬語をやめてくれ」

「それとこれとは別だと思いますわ」

「願いを聞いてほしいだけだ」

「アレク殿下と対等に話すだなんて無理ですもの」

「結婚するのにか？」

「それでもです！」

小説を胸に抱きしめて言うと、アレク殿下は手に持っていた書類を横においてあった紙の束の上に置き、なぜか私の隣に移動してきた。

「エリナ」

「近いですわ！」

「俺のことが嫌いだから逃げるのか？」

「違いますわ！　顔が良いから逃げるのです！」

動揺してしまって本音を口に出してしまい、慌てて口を押さえたけれど、時すでに遅しだった。

「エリナは俺の顔しか褒めてくれないんだな。それ以外も褒めてもらえるように努力する。だから、君も敬語をなくすように努力してくれないか」

「それは無理です！　それに私はアレク殿下のお顔しか褒めていないわけではありません！」

「では、命令だ」

そう言って、アレク殿下は熱くなっている私の頬に触れた。

心臓が早鐘を打ち、病気かと思ってしまうくらいに胸が痛い。

一体、私の心臓はどうなっちゃったの⁉

「意識してくれているようだな」

「それって、どういう意味ですの？」

笑みを浮かべるアレク殿下に尋ねる。でもアレク殿下は意地悪そうに眉を上げるだけだった。

「そういう意味だ。それにしても君は敬語を使うにしても、家族と話す時と俺と話す時の言葉遣いが違うよな？　どうしてなんだ？　同じでいいだろう」

「家族には少しくらい礼儀に欠けても許されると思っているからですわ！　アレク殿下の場合は違います！」

「家族になるんだから一緒だろう」

「どうして最近のアレク殿下は、そんなに意地悪になってしまわれたんですの⁉」

「意地悪をしているつもりはないんだがな？」

ニヤニヤしているから、アレク殿下がからかっているのはわかる。

いつから、彼はこんな風になったのかしら？

何にしても、今の状況では私は彼に勝てそうにないので、話題を変えてみることにする。

「あのアレク殿下。そんなことより、どうして今回、エイナを連れていくことにしたのですか？

ピート兄様はクズーズ殿下を国王に、エイナを王妃にするためだとおっしゃっていたのですが」

「顔を覚えてもらわないといけないだろう？」

「相手の指揮官に、ですか？」

「本来ならばここまでするつもりはなかった。だけど、思った以上に兄上が駄目だった。なら、実質的なトップが誰になるかを知ってもらわないといけない」

「指揮官とはこれからも関わる可能性がありますものね」

頷くと、アレク殿下も首を縦に振る。

「そういうことだ。エイナ嬢のことも相手に覚えてもらうつもりだ。兄上の妻としてな」

「でも、クズーズ殿下を国王にすることやエイナを王妃にすることに、他の貴族から反対意見が出た場合はどうされるおつもりですか？」

「よっぽどのことが起きない限り、それはないと思ってる」

「それはそうかもしれませんが……」

この国は他の国にはない独特なしきたりが多い。王族が公爵家の人間としか結婚できないこともそうだし、長男しか王位を継げないというのも、しきたりの一つだ。

例外が許されるのは、長男が死んだ時、もしくは廃嫡《はいちゃく》された時。

さすがにクズーズ殿下を殺すわけにはいかないけど、廃嫡《はいちゃく》するにしても国民や国外に廃嫡《はいちゃく》を知らせなければいけない。だから、廃嫡《はいちゃく》なんてよっぽどの理由がないとありえないのよね。

だから、クズーズ殿下を廃嫡《はいちゃく》にしてしまった場合、国民の王家への不信に繋がりかねない。

国外からの我が国の王家への評価も地に落ちるだろうから、陛下もそんなことはしたくない。この国にも反王家派はいるから、それを知った彼らが騒ぎに乗じて内乱を起こすかもしれないし、そうなった時、鎮圧のために兵が使われ、今度は他の警備が手薄になる。

国境警備が手薄になれば、他国に攻め入られる可能性も高くなるし、もしそうなったら大変なことになる。

それなら、国民にも他国にも何もなかったように見せかけるのが一番良い。

クリーンである王家の虚像を崩さないようにするのが、アレク殿下の目的の一つでもあった。

「どうしてそんなことを聞くんだ？」

アレク殿下に尋ねられて我に返った。

「いえ。クズーズ殿下とエイナが国王と王妃になるだなんて、って普通なら思いますわよね？」

「普通ならな」

「国民がこのことを知ったらどう思うでしょうか」

「婚約者の変更は国民にも知らされていて、純愛として受け止められている。本当のことを知りたいと思う人間はいるだろうが、王家のイメージは綺麗なままのほうがいいだろう」

アレク殿下は悲しげな表情を見せた。

国民を騙すことになるから気が引けているのでしょう。

でも、国民をいざこざに巻き込むほうがもっと良くないと判断して、私たちはこれまで通り計画を進めることにした。

アレク殿下にドキドキさせられ続けた旅も終わり、とうとう私たちは辺境伯領にやってきた。

辺境伯領は、繁華街以外は緑豊かなところで、普段は隣国との争いもないため、静養に訪れる貴族も多い。

私たちはまず、辺境伯であるロングス様のもとへ挨拶に向かった。

いくら私たちのほうが身分が上でも、ここは辺境伯の領地だから、訪ねた私たちが挨拶に赴《おもむ》くのが、この国のマナーだ。

クズーズ殿下は辺境伯邸に滞在しているけれど、今は隣国との境界にある国境検問所近くの大使館に行っているそうだった。

夜にはここに帰ってくるので、クズーズ殿下と顔を合わせたくない私は、アレク殿下たちと共に繁華街の中心部にある宿に泊まることにした。

宿については、こちらに来る前に辺境伯に相談して、警備面もしっかりしていて部屋も広くて綺麗だという、貴族にも人気の宿を一室、用意してもらった。

「ごめんね、エリナ。私ばかりが良い思いをしちゃって！」

エイナは辺境伯邸に泊まることになっている。

私がわざと辺境伯邸に泊まらないことを知らないエイナは、私が辺境伯邸に泊まるのを拒まれたと思い込んでいるらしく、それはもうご満悦だった。

「かまわないわ。私は貴族に人気の宿に泊まれるみたいだし、とても楽しみなの」

笑顔で言葉を返すと、エイナは面白くなさそうな顔になった。

「そんなに有名な宿なの？」

「ええ。一年先まで予約で一杯みたいよ。今回はロングス辺境伯が急なお客様が来てもおもてなしできるようにと、毎日キープされている部屋に泊まらせていただけることになったの」

「へ、へぇ、そうなの」

エイナは、羨《うらや》ましくなったのか笑みを引きつらせた。

「エリナ、行こうか」

辺境伯への挨拶を終えて、宿に移動する前にエイナとエントランスホールで話をしていると、ピート兄様が近寄ってきて私を促した。

「ピート兄様も宿に泊まるんですか？」

「うん。アレク殿下と話したいこともあるから宿に泊まるよ。エイナ、良い子にしてるんだよ？ロングス辺境伯に迷惑をかけないようにね。あと、明日は朝からクズーズ殿下と一緒に大使館に行くんだよ？　僕も行くから」

「はーい！」

エイナは元気良く返事をすると、一緒に連れてきていた侍女たちと一緒に、辺境伯邸のメイドに連れられて屋敷の奥に向かって歩いていった。

「本当に大丈夫かしら」

「さすがのクズーズ殿下もエイナを置いていったりしないはずだよ。面倒を見るように言われているだろうしね。さあ、エリナ、早く行かないとクズーズ殿下が帰ってくるよ」

エイナを一人にするのは不安だけれど、今回はしっかりしている侍女もいるし大丈夫よね？

そう思い、外へ出ようとした時だった。

扉が開き、私と同じ年頃の若い男性が入ってきた。

茶色の短髪、同じ色の瞳、肌は白くシャープな顔立ちで目が吊り上がっているせいか、とても気が強そうに見える。背が高くて細身の男性は私とピート兄様を見て口を開いた。

「モドゥルス公爵家のお二人ですね。エイナ嬢はどこに？」

「ごきげんよう。ロングス卿」

挨拶もなしに話しかけてきた、辺境伯の次男であるノクセイル様に言うと、彼は軽く会釈《えしゃく》をしてから、再度問いかけてくる。

「で、エイナ嬢は？」

「部屋に案内してもらってますわ」

「そうですか。ありがとうございます」

私とピート兄様にもう一度軽く会釈《えしゃく》をしてから、ノクセイル様はエイナが案内されたほうへ歩いていってしまった。

彼の背中を見つめながら、ピート兄様が呟いた。

「交渉が上手くいっていないのは、あの男のせいかもしれないな」

「ピート兄様、どういうことですか？」

言葉の意味がわからず尋ねたところで、外にいたアレク殿下が屋敷の中に入ってきた。

「どうかしたのか？　もう馬車は来ているぞ」

「アレク殿下。ノクセイル様のことは調べましたか？」

ピート兄様が尋ねると、アレク殿下は否定した。

「いや。辺境伯と留学中の長男しか詳しくは調べていない。先ほどノクセイルが帰ってきたが、それと何か関係があるのか？」

「面倒なことになりそうですよ」

「どういうことだ？」

アレク殿下に聞かれたピート兄様は眉をひそめて、悩むようにこめかみを押さえたので、私が思ったことを口に出してみる。

「もしかしたら彼は、エイナのことが好きなのかもしれません」

「なんだって？」

アレク殿下は勢いよく聞き返してきた後、すぐに辺りを見回すと眉根を寄せて言葉を続ける。

「とにかく場所を移そう。人の家のエントランスで長話をするわけにはいかない」

三人で頷き合うと、私たちをエントランスまで案内してくれたメイドに挨拶をして、屋敷から出た。

馬車の中で私とピート兄様、アレク殿下の三人で先ほどの話を続ける。

「ノクセイルがエイナ嬢を好きだと？　あの二人に接点はないはずだろう？」

「夜会で何度かお会いしたことがあります。遠いところからわざわざ来られていたので、珍しく思って記憶に残っています」

「ノクセイルはエイナ嬢に会いたくて夜会に来ていたと言いたいのか？」

「その可能性はありますね」

問われた私の代わりにピート兄様が頷いてから続ける。

「エイナが天使のように可愛いという噂は他国でも有名です。多くの男性にしてみれば一目惚れするくらいのレベルらしいですよ」

「そこまで思ったことはなかったがな」

アレク殿下が首をひねった。

「人には好みがありますし、アレク殿下にとってはエリナのほうが好みなんでしょう」

「そうかもしれないな」

ピート兄様の言葉に頷いてから、アレク殿下は私に微笑みかけてきた。

その微笑みにドキドキしてしまって、私は向かい側に座っているアレク殿下から慌てて目をそらし、斜向かいに座っているピート兄様に話しかける。

「ノクセイル様はエイナとクズーズ殿下の仲を邪魔しようとしているのでしょうか？」

「かもしれない。クズーズ殿下が失墜したら、エイナとの婚約はなくなるだろうしね」

「ノクセイル様はエイナと話をしたことなんてほとんどないはずです。それなのに、そこまでするほど、エイナを好きになったりするのでしょうか」

私には理解できない気持ちなので二人に聞いてみると、アレク殿下とピート兄様は顔を見合わせた。代表して、ピート兄様が私に顔を向けて苦笑する。

「彼はもしかしてエイナに夢を見てるのかもしれないね」

「どういうことでしょうか？」

「話をしたことがないだけに想像が膨《ふく》らんで、本当に天使だと思い込んでるんじゃないかな」

「ということは、彼の中では私は悪魔だということですよね？」

目を閉じこめかみに手を当てて聞いたけれど、答えが返ってこないので目を開けると、アレク殿下もピート兄様も難しい顔をしていた。

「あの、どうかされましたか？」

「明日から、君は昼間は平民と一緒に過ごすことになるだろう？」

「……はい」

明日はアレク殿下たちとは別行動で、私と同じく平民に扮した女性騎士たちと一緒に教会に行くことになっている。

教会の敷地内にはテントが張られていて、ボランティアの平民の女性たちが先日の小競《こぜ》り合いで怪我をした騎士たちの世話をしてくれている。私は、その人たちのお子さんの面倒を見るお手伝いをしに行くのだ。

「君を案内してくれるのはノクセイルだ。教会のシスターたちには君の正体を知らせておきたいから、彼に付き添ってもらうつもりだ。だから、今日の内にエイナ嬢に嘘を吹き込まれる可能性があるぞ」

アレク殿下が難しい顔で言った。

ノクセイル様は私たちと年は変わらなかったはず。子供みたいな嫌がらせをしてきたりはしないと思うけれど、エイナがやっているのだから、絶対とは言えないわね。

王都や王都近くに住んでいる貴族たちの私の評判は良くなってきているかもしれないけれど、この辺境の地まで届いていないのはしょうがないことだし、もし、嫌がらせをしてきたとしても受けて立つわ。

「大丈夫か？」

「大丈夫ですわ。ちょっとやそっとで負けるような神経は持っておりません」

不安そうに見えたのか、アレク殿下が心配そうに聞いてきたので笑顔で答えた。


次の日、用意してもらったベージュ色のワンピースに同じ色のカーディガンを羽織り、髪の毛はポニーテールという、貴族と思われない格好をして宿を出た。

「遊びではないんですよ」

こっちとしては真剣なつもりなのだけれど、朝、宿まで迎えに来てくれたノクセイル様は挨拶もそこそこに冷たい声で言った。

「遊びに来たつもりはありませんわ。もちろん勉強しに来ていますから、役に立てるかどうかは別ですが」

「失礼ですが、あなたが普段エイナ様にやっているようなことを他の人にはしないでくださいね」

先を歩き始めたノクセイル様に、同じく平民の姿に変装した騎士たちと一緒に歩きながら問いかける。

「私がエイナにやっていること？　エイナからどんな話を聞かれたんです？」

「あなたは自分に都合の良いことを言って、アレク殿下だけでなく、クズーズ殿下も騙しているんでしょう？」

ノクセイル様は歩みを止めず、私のほうを見ずに言った。

「どうしてあなたはエイナの言葉を無条件に信じるのです？」

「普通は信じるでしょう。あんな素敵な女性が嘘をつくはずがない」

「あなたの目は節穴ですわ」

そう言うと、ノクセイル様は細い目をより細くして私を睨んできた。

「普通は信じる、の意味がわかりませんわ。あなたは私のこともエイナのことも知らないでしょう？」

「知っていますよ、エイナ様のことだけですが」

「あなたはエイナのことが好きなのですか？」

「そうです。彼女とは何度か夜会でお会いしていますが、三年ほど前から、あなたにいじめられていると話をしているのを聞きました」

「ちょっと待ってください。あなたは夜会でエイナと二人で話をしているのですか？」

聞き捨てならなくて尋ねると、ノクセイル様は焦り始めた。

「答える必要はないでしょう」

「答えられない理由がわかりませんわ。何かやましいことでもありますの？」

「いえ……。ただ、答えたくないだけです」

婚約者がいるのに他の男と会っていたことがバレたら、エイナに良くないと思っているのかしら？

だけど、冷静に考えたら、その時のエイナの婚約者はアレク殿下で、三年前からクズーズ殿下との逢瀬《おうせ》が始まって……、って、待って。

「三年ほど前からと言われましたね？」

「ええ。何が気に入らなくてエイナ様をいじめるようになったんです？」

「私はエイナをいじめてなどおりません。ただ、三年前と言われると気になることがあります」

私が足を止めると、ノクセイル様も足を止めて私のほうを振り返った。

「あなたが答えられない理由がわかりました。普通の女性なら、そんなことをされているとわかったら、あなたのことを軽蔑するでしょうから」

「――っ！」

ノクセイル様が声にならない声を上げた。近くに騎士がいるので、彼らに少し離れるように指示してから、彼に近づき、背の高い彼を見上げて小声で問いかけた。

「あなた、エイナと誰かの会話を盗み聞きしておられましたね？」

「そ、そんな！」

「では、お答えいただきたいわ。あなたはいつエイナと何度も話をしたんです？」

「それは、何度か、その」

「エイナ一人だけが夜会に出席していたということはないはずです。ですから、あなたがエイナと話をしているのなら、私も知っていなければならないはずです」

「そんなことは関係ないでしょう！　あなただってエイナ様と一緒にいなかった時があったはずだ！」

「そうですね、ありましたわ。そのことは知っております」

ノクセイル様はさらに鋭く私を睨みつけてくる。

「エイナ様はあなたにいじめられてクズーズ殿下を頼ったんです。あなたがそんなことをしなければ、夜会で逢瀬《おうせ》など！」

「クズーズ殿下？」

聞き返すと、ノクセイル様は口を手で押さえた。

「やはり、そうでしたのね」

あまり長くコソコソ話をしているわけにもいかないので、歩きながら会話を続けることにして、ノクセイル様も私に続いた。

「エイナに声をかけることはできませんでしたの？」

「いつもエイナ様の近くにはあなたがいたではないですか」

「一人になったエイナについていったら、クズーズ殿下と会っていたということですか？」

「最初は辛かったですよ。だけど、お二人が心通わせているなら良いと思っていたんです！　だから、エイナ様とクズーズ殿下の婚約が決まった時は本当に嬉しかったんです！」

ノクセイル様は私に隠す気はなくなったようで、怒りをあらわにする。

「ここに来たクズーズ殿下はあなたの話ばかりしている！　やっとエイナ様が幸せになれると思ったのに！」

エイナとクズーズ殿下が上手くいったのに、私がクズーズ殿下を誘惑したか何かで、エイナがフラれそうになっていると思い込んでいるのね。

だから彼は、クズーズ殿下と相手国の話し合いを決裂させて、クズーズ殿下の失脚を狙ったというところかしら？　でも、それで彼にメリットはあるのかしら？

「あなたはどうしたいんですの？」

「どうしたいとは？」

「エイナと一緒になりたいんですか？」

「そ、そんなわけないでしょう！」

ノクセイル様は何度も首を横に振る。

「僕はエイナ様の幸せを願っているんです！　クズーズ殿下にエイナ様への愛を取り戻してほしい！」

「では、お手伝いしていただけませんか？」

「何を言ってるんです⁉」

「あなたはエイナとクズーズ殿下を上手くいかせたいのですよね？」

「そ、そうですが、クズーズ殿下はエイナ様のことよりもあなたのことを」

「あなたがクズーズ殿下にエイナの良さを教えてくださらない？　断るという選択肢はあなたにはないと思いますが」

笑顔で言うと、ノクセイル様は反発してくる。

「どうして選択肢がないんですか!?」

「あなたがクズーズ殿下とエイナの逢瀬《おうせ》を何度も盗み見ていたことを、エイナに伝えても良いのかしら？」

尋ねると、ノクセイル様は苦悶の表情を浮かべて、じっと私を見つめた。

——どんどん自分が悪女になっていく気がするわ……

教会に着いてからは話を打ち切り、教会の中にある保育所で、意思疎通ができる年齢の子供たちと遊んだ。

最初は人見知りしていた子も、私が絵本を読み始めると近くに寄ってきてくれて、とても嬉しかった。

子供のお母さんたちとは、彼女たちの休憩時間に一緒にご飯を食べて、子育てしながら働くことがどれだけ大変か、国がこういう手助けをしてくれたら良いのに、といった話を聞いた。

きっと、国に対してこうしてほしいとか思うことは他にもたくさんあるだろうから、全ては叶えられないにしても実現できるものは実現していきたい、と強く思った。

お手伝いを終えた後は、迎えに来てくれたノクセイル様と改めて話をして、クズーズ殿下にエイナの良さを教えてもらうようにお願いした。

観念したノクセイル様は私に洗いざらい話してくれた。クズーズ殿下にわざと嘘の情報を与えて、向こうの指揮官を怒らせるようなことをさせたそうだ。

クズーズ殿下もそうだけれど、ノクセイル様も自分のことしか考えていないことがわかって呆れてしまった。

宿に送ってもらうとアレク殿下はすでに宿に戻っていて、相手側との話し合いが上手くいったと教えてくれた。

「早かったですわね」

「兄上がどうして苦労したのかわからない」

アレク殿下が呆れた顔で言うので、ノクセイル様から聞いた話をすると「わかった以上、黙っていられる話じゃないな」と呟いた。

問題は片付いたけれど、私たちはもう少しここに滞在することに決め、クズーズ殿下たちを先に帰らせようとした。しかし、二人がそれを嫌がった。

アレク殿下が今回の功績をクズーズ殿下のものにすれば良いと言うと、クズーズ殿下は納得したが、エイナは家に帰れば自分がチヤホヤしてもらえなくなるとわかっているからか、辺境伯邸に住みたいと辺境伯に訴えた。

すると、なぜか辺境伯が歓迎すると言ったため、エイナもしばらくこの地に残ることになってしまった。

ノクセイル様のクズーズ殿下への嫌がらせについては、やはり、お咎《とが》めなしにはできないという話になり、アレク殿下はノクセイル様への罰をどうするか陛下へ指示を仰ぐ手紙を書いた。

アレク殿下は自分たちのせいで迷惑をかけてしまったことを謝ったけれど、辺境伯もノクセイル様の話を聞いて頭を下げ、処分が決まれば、それがたとえどんな重いものであっても受け入れると言った。

忙しくも勉強になる日々が続くと思われていたが、二日後、とうとうエイナの化けの皮が剥がれ始めた。

今までは、私が一緒にいたからフォローできていたけれど、私と別行動になったせいで止めてくれる人がおらず、平気で失礼なことをしているようだった。

「エイナが辺境伯邸の人間を誑《たぶら》かしてるって苦情がきた。奥様がご立腹みたいだよ。自分の息子の件もあるし余計にだろう」

「……エイナは何をしたんでしょうか」

苦情を受けたピート兄様と一緒に、辺境伯夫妻にお詫びに行くことになった私は、辺境伯邸に向かう馬車の中でピート兄様に尋ねた。

「まあ、例の如く、自分がエリナにいじめられてどれだけ可哀想かという話をしたみたいだよ。奥様は信じなかったみたいだけど、ロングス辺境伯は騙されそうになったし、使用人たちはエイナの言うことを信じてしまって、エリナはそんな人間じゃないと注意した奥様に反論する人間が増えたらしい」

「ロングス辺境伯はどうされているの？」

「最初はエイナ寄りだったみたいだけれど、奥様に目を覚ませって男性の急所を寝室で思い切り握られたみたいだ」

ピート兄様は想像しただけで恐ろしくなったのか、身を縮こまらせた。

想像するだけで痛みを感じるだなんて、本当にされたらよっぽど痛いのでしょうね。

「ロングス辺境伯は、今はエイナに騙されてはいないということですか？」

「ああ。正気に戻ってくれたみたいだ。だけど、これ以上迷惑をかけるわけにはいかないから、エイナとクズーズ殿下には今日中に王都に帰ってもらう。エイナたちが外面は良くても仕事ができないということは十分にわかってもらえただろうしね。あ、エイナたちを帰らせる手配はアレク殿下がやってくれるそうだよ」

「そうなんですね」

アレク殿下は用事があると言って出かけていたのだけど、エイナたちと私を会わせないように気遣って先に屋敷に行ってくれていたみたいだった。

会わずに済むのなら良かったと、胸を撫でおろしていたけれど、私たちの予想を覆してくるのがエイナとクズーズ殿下だった。

辺境伯邸に着き馬車から降りたところで、辺境伯夫人とエイナが言い争っているのが見えて、思わず動きを止めてしまった。

「どうして帰らないといけないんですか⁉　もっといたいって言っているじゃないですか！　私は公爵令嬢なんですよ⁉　辺境伯夫人が偉そうに言っていいわけがないと思います！」

「エイナ様、それとこれとは別ですわ」

辺境伯邸の広いポーチで、ピンク色のフリルの派手なドレスを着たエイナと、艶《つや》のある黒髪をシニヨンにし、紺色のドレスに身を包んだ美人系の夫人が睨み合っていた。

アレク殿下とクズーズ殿下、辺境伯はどうしたら良いのかわからないといった感じで、彼女たちを見て立ち尽くしている。

こういう時、男性が間に入ると余計にややこしくなることもあるから行きづらいのかもしれないけど、黙って見ているのもどうかと思うわ。

それに、エイナもエイナね。人様の家に居座ろうなんてどうかしているわ。

大きく息を吐いてから、エイナたちに近づいていくと、アレク殿下たちが私に気がついた。

「「エリナ！」」

アレク殿下とクズーズ殿下の声が重なり、お互いに嫌そうな顔をして視線を合わせた後、また私に視線を戻した。

「クズーズ殿下、ご尊顔を拝見できて光栄ですわ」

クズーズ殿下に向かってカーテシーをした後、困惑の表情を浮かべている辺境伯に声を掛ける。

「ごきげんよう、ロングス辺境伯。妹がご迷惑をおかけしているようで申し訳ございません」

「とんでもございません。こちらこそ、妻がエイナ様に失礼なことを」

辺境伯の声が聞こえたのか、辺境伯夫人はこちらのほうに振り返り、自分の夫を睨んだ後、私の前まで来てカーテシーをした。

「ご挨拶が遅れて申し訳ございません、お会いできて光栄ですわ、エリナ様」

「こちらこそ、お会いできて嬉しいです。妹が大変失礼なことをしてしまい申し訳ございません」

「とんでもございません。息子だけでなく夫までがこんなことになるとは思ってもいませんでした。全て私が至らなかったせいでございます」

「夫人のせいではありませんわ。妹は外見だけは良いのです。多くの男性が彼女の本性を知るまでは騙されておられます。ご家族を責めないでくださいませ」

さすがに、あなたの旦那様やお子さんも立場上、簡単に騙されるのはどうかと思う、だなんて言えないのでそう伝えると、私の気持ちを理解してくださったのか、自ら口にしてくれた。

「いいえ。自分の息子と同じ年齢の女性に騙される夫も夫です。ですが、ハニートラップだったとわかり目が覚めましたので、その点については大きな問題に発展する前に気がつけて良かったと思います。もちろん、息子の件は別ですが」

夫人が悲しそうに目を伏せたので、頬を膨《ふく》らませているエイナに目を向けた。

「エイナ、あなた、本当にどうかしているわ。どうしてもこの地に残りたいなら、自分で宿を手配して、侍女も付けずに一人だけ残ったらどう？」

「待ってよ！　着替えやお風呂はどうするの!?　私は一人じゃ何もできないのよ!?」

「お風呂には一人で入ろうと思えば入れるわ。それに、着替えだって一人で着替えられるものを買えばいいのよ。ドレスを着る必要はないの」

何日か平民の暮らしを経験して、色んなことを自分でするようになって、自分がどれだけ甘やかされていたかわかった。

それ以外にもここに来て学ぶことはたくさんあったし、良い経験になっていると思う。しかし、エイナは大声で拒絶した。

「嫌よ！　いつもそうやってエリナは意地悪ばっかり！　どうしてそんな風に私をいじめるのよ！」

「お言葉ですがエイナ様、それは意地悪とは言いません！」

よっぽど腹を立てているのか、夫人がエイナに向かって叫んだ。

「あなた、公爵令嬢にそんな口を利いて許されると思っているの！」

「ロングス辺境伯夫人の発言を許します。エイナ、あなたは黙って聞きなさい」

「エリナ！　あなたって人は！　ああ、わかったわ！　こっちに来て、あなたはまた日陰女だと言われるようになったから嫌なのね？　いい？　エリナ？　あなたはいつまでたっても私の引き立て役なの！　日陰女が嫌なら、とっとと評判がマシになった王都に戻りなさいよ！」

エイナの言葉を聞き、私だけではなく、その場にいた全員が彼女を見た。

「な、何なの？」

最初は意味がわかっていなかったみたいだけれど、自分が何を言ったか気がついた瞬間、エイナは口を押さえた。

「エイナ様……、嘘ですよね？」

屋敷の扉がゆっくりと開き、ノクセイル様が目に涙を溜めて外に出てくると、エイナに向かって問いかける。

「あの、違うの。違うんです。言いたくて言ったんじゃないんです！　エリナにそう言うように言われて……」

しどろもどろになって言うエイナに、ノクセイル様が今にも泣き出しそうな表情で尋ねた。

「……いつですか？」

「……え？」

「エリナ様にいつ、そう言うように言えと言われたんですか？」

ノクセイル様の問いかけに、エイナはいつものか弱い表情を作って、彼の胸に縋《すが》りついた。

「だいぶ前からです！　あの、今のは演技ですよ？　誤解しないでくださいますよね？　私があんなことを本心で言うわけが」

「いや、演技じゃないだろう！」

そう叫んだのはクズーズ殿下だった。ノクセイル様の胸に顔を埋めるエイナの表情が一瞬だけ歪んだ。

「僕にはそんなことを言えと言われたなんて、言ってなかったじゃないか！　だいぶ前からエリナにそう言われていたなら教えてくれていてもおかしくないだろう!?　いじめられていたとしか聞いていない！」

「そうです！　そんな話、一度も聞いたことがない！」

クズーズ殿下の言葉にノクセイル様は同意した。

「その……クズーズ殿下には、言いたくても言えなかったんです！」

「どうしてだ⁉」

「どうしてなんですか⁉」

「そ、それは……」

クズーズ殿下とノクセイル様に聞かれ、エイナは視線を彷徨《さまよ》わせる。

私がエイナたちの様子を呆れて見ていた時、突然噴き出す音が聞こえた。振り返ると、ピート兄様が口を手で覆い隠して笑いをこらえていた。

「ピート兄様、不謹慎ですよ」

「いや、こんな酷い修羅場？　茶番劇とでも言うのかな。見たことないからつい」

「こんなくだらない場面を何度も見るような経験はしたくないです」

「だから笑ったんだよ。でも、ごめん。エリナの言う通り不謹慎だね。他人事《ひとごと》みたいに笑っている場合じゃなかった」

ピート兄様はこほんと咳払いをしてから、呆気にとられている辺境伯夫妻に声を掛けた。

「この度は妹がご迷惑をおかけし、誠に申し訳ございませんでした」

「とんでもない！　こちらこそ息子が」

「うちの兄が申し訳ない」

「とんでもございません！」

恐縮する辺境伯夫妻にアレク殿下までもが一緒になって謝ったので、余計に夫妻も頭を下げることになった。

「ちょっとエリナ！」

私も一緒に頭を下げていると、エイナから呼ばれる。エイナは泣きそうな顔になりながら言い始めた。

「助けてよ！　ちゃんと言ってちょうだい！　さっきの言葉はあなたに言わされたのよね？」

「何を言ってるのよ。そんなこと、一度だって頼んだことはないわ！」

自分ではどうしようもできなくなったのか、エイナは私に近寄って縋《すが》ってくる。

「ねぇ！　そうなんでしょ！　私に言わせたんでしょ⁉　そう言いなさいよ！　このままじゃ私が悪者じゃないの！」

「いい加減にしなさい！　そうやって私のせいだと言わせようとしている時点でおかしいってことくらい、クズーズ殿下もノクセイル様もわかるはずよ！」

わかっていてほしい。

そう願いを込めて彼らに目を向けると、ノクセイル様はまだ迷ったような顔をしていたけれど、クズーズ殿下はさすがに目を覚ましてくれたみたいで、エイナを睨みながら口を開いた。

「エイナ、これ以上嘘をつくのはやめてくれ。僕に嘘をついていた時点で不敬に値するんだぞ！」

「嘘なんてついていません！　ほら、エリナ！　謝ってよ！」

「あなたが嘘をついていたことを姉として謝ることはあっても、あなたが希望しているような謝罪はしないわ！」

エイナは私が味方をしてくれないとやっとわかったようで、悔しそうに唇を噛むと、ノクセイル様のほうに戻っていく。

「聞いてください、ノクセイル様、お願いします」

「エイナ様。本当にエリナ様に言えと言われたんですか？」

ノクセイル様もふらふらとエイナに近寄りながら尋ねる。エイナは何度も首を縦に振り、ノクセイル様の胸に飛び込もうとしたけれど、夫人がそれを阻んだ。

「ノクセイル！　いい加減になさい！　まだエイナ様を信じると言うのなら、あなたにもそれなりの覚悟をしてもらいます！」

「か、覚悟？」

聞き返すノクセイル様に夫人が答える。

「あなたはただでさえクズーズ殿下に嘘を教えて、両国間の関係を悪化させるところだった。そのことでどんな処分が下されても、あなたが私の息子だということに変わりはないから支えるつもりだったわ」

そこで夫人は言葉を区切り、一度だけ大きく深呼吸してから続けた。

「だけど、あなたの様子を見ていたら、もう限界！　これ以上ふざけた真似《まね》をするなら、あなたとは縁を切ります！」

「そんな、母上！」

「それが嫌なら現実を見なさい！　エイナ様とエリナ様のやり取りを見れば、どちらが嘘をついているかくらいわかるでしょう！」

「ロングス辺境伯夫人、騙されないでください！　本当に私はエリナに言えと言われたんです！信じてください！」

必死にエイナが辺境伯夫人を懐柔《かいじゅう》しようとしたけれど無駄だった。

「私の夫まで誘惑したのもエリナ様の指示だとおっしゃるのですか？」

「そ、それは……」

エイナが視線を泳がせていると、ピート兄様が大きなため息をついてから強い口調でエイナに話した。

「エイナ、いい加減にするんだ。ここまで言うことを聞けない子だとは思ってなかった。帰らないと駄々をこねても帰らせる」

「そんな、ピート兄様！」

「これ以上、モドゥルス家の評判を下げるような真似《まね》はしないでくれ。それに君は王妃になるんだぞ」

「私は王妃になんかならない！　第二王子妃になるのよ！」

「それはありえない」

アレク殿下がエイナに向かって冷たく答え、私の隣に立って続ける。

「君の婚約者は兄上で、エリナは俺の婚約者だ。何度も言わせるな」

「アレク殿下！　エリナに何を言われたんですか!?」

「何を言われたというと？」

アレク殿下が眉根を寄せて聞き返す。しかしエイナは聞き返すアレク殿下を無視してノクセイル様に顔を向けた。

「だって！　ノクセイル様！　エリナより私のほうが可愛いですよね!?」

「え？　あ、はい」

「クズーズ殿下だって、そう思いますよね!?」

エイナは当たり前のようにクズーズ殿下に聞いたけれど、エイナの予想に反してクズーズ殿下は首を横に振った。

「昔はそうだと思っていたが、今の僕は……」

そう言ってクズーズ殿下は私のほうを見たけれど、アレク殿下が私の前に立ったので、クズーズ殿下の姿が見えなくなった。

「君が見なくてもいいものを見そうになっていたから隠した」

「見なくていいものですか」

「ああ」

クズーズ殿下から私を守ろうとしてくれているのね。

アレク殿下が目の前にいるので、クズーズ殿下の様子はわからないけれど、エイナの叫び声が聞こえた。

「クズーズ殿下、正気ですか!?　エリナのほうがいいなんて！　あれだけエリナの顔のことをけなしていたじゃないですか！」

「それは昔のエリナだ！　今のエリナじゃない！」

「二人共、いい加減にしろ！　兄上、あなたももう城に帰ってください」

「僕はエリナと一緒に帰るんだ！　こんな嘘つきな女と一緒に帰りたくない！」

クズーズ殿下はエイナの呪縛から逃れられたようだけれど、今度は私に執着してきた。

私がアレク殿下の服の背を軽く掴むと、彼は私のほうにちらりと視線を向けてから、クズーズ殿下に向き直った。

「エリナは俺が責任を持って公爵家に送り届けます。ですから、兄上はエイナ嬢を送り届けてください」

「どうして僕がお前に命令されないといけないんだ！」

「あんな簡単な交渉を、いくら妨害行為があったとしても、ここまで長引かせた兄上には指示をして差し上げないと動けないかと思いまして」

「アレク！　お前はっ！」

クズーズ殿下がアレク殿下に殴りかかろうとしたけれど、アレク殿下は振り上げられたクズーズ殿下の腕を掴み、そのまま掴んでいた腕をひねり上げた。

「痛いっ！　やめろ！　放せ！」

「大人しく言うことを聞いてください、兄上」

アレク殿下は待たせていた馬車の御者《ぎょしゃ》に目をやると、御者《ぎょしゃ》はすぐに馬車の扉を開けた。

それを見たアレク殿下はクズーズ殿下の腕を掴んだまま馬車に連れていき、クズーズ殿下を放り投げるようにして中に入れた。

「おい、アレク！　なんてことをするんだ！」

「兄上、いい加減にしてください。俺は兄上に迷惑をかけられてばかりです」

「くそっ！　生意気なことを！」

クズーズ殿下が何か言っていたけれど、アレク殿下は扉を閉めると御者《ぎょしゃ》に向かって言った。

「出してくれ」

「承知しました」

御者《ぎょしゃ》が頷き、すぐに馬車が動き出す。それと同時に後ろに控えていた馬に乗った騎士たちも動き始めた。

クズーズ殿下を乗せた馬車が遠ざかっていくと、新たな馬車がやってきて御者《ぎょしゃ》が再び扉を開けた。するとピート兄様がエイナに近づく。

「さあ、エイナ。君も帰ろうね。エリナ、申し訳ないがエイナの私物を運ぶ手配だけしておいてもらえないかな」

「承知しました」

「ありがとう」

ピート兄様は辺境伯夫妻に謝罪の言葉と今までのお礼を述べてから、呆然としているエイナに声を掛けた。

「僕は妹に甘いとよく言われてたし自覚もあった。だけど、今回はさすがに見過ごせない」

「ピート兄様？」

「僕と一緒に帰ろうね」

有無を言わせないピート兄様の口調にエイナは体を震わせた後、助けを求めるようにノクセイル様を見た。

「申し訳ございません、エイナ様」

ノクセイル様は肩を落として屋敷の中に入っていく。

そんな彼の姿を見たエイナは、この場に自分の味方がいないことがわかったのか、くやしそうな顔をして私を睨んだ。

その後、ピート兄様がエイナを連れて馬車に乗り、残された私とアレク殿下は再度、辺境伯夫妻に自分の家族が迷惑をかけたことを謝った。

辺境伯夫妻も自分たちの息子が迷惑をかけたと謝ってくれた。エイナの荷物を片付けるために、屋敷の中に入れてもらったところで、辺境伯が私とアレク殿下に尋ねてきた。

「大変失礼な話だとわかった上で質問させていただきます。本当にクズーズ殿下とエイナ様が次期国王と王妃になられるのでしょうか？」

「その予定だが？」

「そうですか……」

アレク殿下が力強く頷いたからか、辺境伯は考えるような顔をしていたけれど、視線を斜め下に

向けた。

「どんな無礼な答えであっても正直に答えることを許すから言ってくれ。あなたが気にしているのは国の行く末か？」

「失礼ながら、そうでございます」

「俺だってあんな兄に国を任せるのは嫌だ」

「それは、どういうことでしょうか？」

「考えた通りになって良かった。それが俺たちがここに来た目的の一つだよ」

アレク殿下の言葉に私も頷いて辺境伯夫妻を見つめると、辺境伯夫妻は困惑の表情を浮かべて私たちを見つめ返してきた。どうせいつかわかることになるだろうからと、アレク殿下が考えている計画を二人に話すと、戸惑ってはいたけれど理解はしてくれた。

それから数日後、陛下からノクセイル様に対する処分の内容が書かれた書簡が届き、ノクセイル様には働き手がいなくて困っている鉱山での労働が科されたのだった。


エイナたちから遅れて七日後、私が家に辿《たど》り着くと、エイナ以外の家族が出迎えてくれた。ピート兄様もまだこちらに残っていたようで、ひょっこりと顔を見せてくれた。私を待っていてくれたみたいだ。

「おかえりなさい！　エリナ」

「お母様、ただいま戻りました」

家族だけでなく使用人にも挨拶をしてから、お父様たちに尋ねる。

「エイナはどうしていますか？」

「エイナなら家にいないよ」

答えてくれたのはピート兄様だった。言葉を発さず目だけで問いかけると私の聞きたいことを答えてくれた。

「王妃陛下が直々にエイナの王妃教育をするからと、エイナは今、城で寝泊まりしている」

「王妃教育を王妃陛下自らがですか？」

「みたいだよ。エイナは嫌がっていたけど、王妃陛下の命令だから断れるわけないよね」

「一体、何があったのでしょうか？」

今までそんな素振りを見せなかった王妃陛下が動くということはよっぽどのことかと思って聞いてみると、今度はお父様が答えてくれた。

「クズーズ殿下が、エイナを嫁にするくらいなら、誰とも結婚しない、と言い始めたらしいんだ」

「え？」

「できればエリナと結婚したいと言っておられる」

「……つまり、王妃陛下はエイナをクズーズ殿下の好みにしようとしておられるのですね」

「そうなるね」

ピート兄様が苦笑して頷いた。

「エリナ、疲れたでしょう。今日はもう休みなさい」

「いや、まだ昼だぞ。その前に食事を一緒にとろう。お前の好物を用意させている」

「長旅だっただろうから、まずはお風呂に入りたいんじゃないかな。そうしたらリラックスするだろうし」

私が暗い顔をしたからか、お母様、お父様、ピート兄様の順で優しい言葉を掛けてくれた。

「ありがとうございます。まずはピート兄様の言われたようにお風呂に入りたいです。それから一緒にお食事でもよろしいですか？　お腹いっぱいになったら久しぶりに部屋のベッドでお昼寝したいと思います」

せっかくの家族の気遣いなので、全て実行する旨を伝えると、三人共ホッとしたような顔をした。

＊＊＊

それから数日後、私はアレク殿下に会うために登城《とじょう》していた。

メイドに案内されて、アレク殿下の執務室に近づくと、王妃陛下がこちらに向かってくるのが見えた。足を止めると、王妃陛下は早足で私に近づいてきて、不機嫌そうな表情で立ち止まった。

「王妃陛下にお会いできて光栄ですわ」

カーテシーをすると、王妃陛下がわなわなと震えながら話しかけてくる。

「エリナ、あなた……」

「なんでしょうか」

何を言われるのだろうと警戒していると、不機嫌そうな顔から一転、泣きそうな表情で王妃陛下が叫び始めた。

「お願い。クズーズと結婚して！」

「は、はい!?」

こんなことを言われるだなんて予想もしていなかったので驚いて聞き返す。すると、王妃陛下は髪を振り乱して私の肩を掴んだ。

「エイナは駄目だわ！　自分のことばかり優先して他人を尊重する気がないのよ！　いつからあんな風になったの!?　全然、話が通じないのよ！」

王妃教育をする過程でエイナと長い間過ごすことになり、王妃陛下もエイナがどんな人間かようやくわかってきたみたいね。

「王妃陛下、失礼ながら言わせていただきますが、エイナの性格は昔から変わっておりませんわ」

「そんな！　今まではそんな風には見えなかったのに！」

「妹がご迷惑をおかけして申し訳ございません」

「そ、そんな……！　ああ、もう、そんなことはいいわ！　エリノ、あなた、クズーズの嫁になりなさい！　王妃があの子だなんてありえないわ！　あなた、自分の国を滅ぼしたいの!?」

エイナを王妃にしたがっていたのは、あなたじゃないですか……。

「そのことにつきましては、良い方法を考えております。王妃陛下にはご迷惑をおかけいたしますが、不肖の妹をよろしくお願いいたします」

話を打ち切ろうとすると、王妃陛下は私の腕を掴んで引き止めてくる。

「まさか、クズーズを誰とも結婚させないなんて言うんじゃないでしょうね⁉」

「エイナと結婚すれば良いかと思いますが？」

「駄目よ！　あの子に王妃は務まらないわ！　エリナ、私の言うことを聞きなさい！」

「母上、いい加減にしてください」

急にアレク殿下の声が聞こえたので驚いて振り返ると、私の背後から現れたアレク殿下は冷たい目で王妃陛下を睨んだ。

「エリナから離れてください」

「アレク！　あなただってわかっているでしょう⁉　あの子が王妃になったりしたらどうなるか！」

「たとえエイナ嬢が王妃になったとしても、母上がやっておられるような仕事をさせるつもりはありません」

「……一体、どういうことなの？」

困惑の表情を浮かべる王妃陛下にアレク殿下は言う。

「何を考えているかはまだお教えできません。兄上とエイナ嬢の結婚が確定すれば、お話しするのは可能です」

「確定も何も、あなたはそうさせるつもりなのでしょう？」

「話はそれだけですか、母上。エリナは俺に会いに来たんです。もういいでしょう」

アレク殿下は冷たい声で王妃陛下に言うと、私のほうには優しい眼差しを向けてくれた。

「声が聞こえたから、つい見に来てしまった。迷惑だったか？」

「いいえ。アレク殿下にお迎えに来ていただいて光栄ですわ」

「君はまだ口調が直らないな」

「別にこのままの口調でもよろしいでしょう？」

今日はシニヨンにはせず長い髪をおろしていたからか、アレク殿下は私の頬にかかった横髪を指ですくうと耳にかけてくれた。

なんだか恋愛小説でヒロインが王子様にしてもらうようなことをしてもらってしまったわ。

そう思うと急に恥ずかしくなって頬が熱くなる。

「また赤くなってる」

「放っておいてください！」

ぷいと顔を横に背けると、王妃陛下の咳払いが聞こえて、慌てて頭を下げた。

「失礼いたしました」

「かまわないわ。それよりもアレク。本当に何とかなるのでしょうね？」

「もちろんです。兄上に国を任せるつもりはありません」

「クズーズは別にかまわないのよ。問題はエイナだわ」

王妃陛下はブツブツと他にも何か聞き取れないくらいの小さな声で言った後、私を見る。

「都合の良いことを言うようだけれど意地悪して悪かったわ。エイナからあなたたちの悪い話を色々と聞いていて、エイナの言うことが、今までは本当だと思い込んでいたのよ」

「とんでもございません。以前の私が無愛想だったせいもあるかと思います」

「そう言ってくれるなら助かるわ」

王妃陛下はふんと鼻を鳴らした後、今度はアレク殿下に向かって言う。

「結婚式を早めるわ。その代わり、あなたが何を考えているのか早く教えてちょうだい」

「承知いたしました。ですが、入籍の日取りが確定してからでないとお教えすることができません」

「生意気な子ね」

王妃陛下は呟いた後、くるりと背を向けて歩いていく。

その背中が見えなくなってから、アレク殿下に尋ねる。

「いよいよといった感じでしょうか」

「そうだな。とにかく俺の部屋に行こうか。聞きたいことがあるんだよな？」

「あ、いえ、それはもう良くなりましたわ」

正直、やはり私がクズーズ殿下と結婚しなければならないのかと考えていた。

でも、今の感じだと、私とクズーズ殿下の結婚はありえないみたいだし、アレク殿下に確かめなくても良さそう。

ホッと胸を撫でおろしていると、アレク殿下が不思議そうな顔をした。

＊＊＊

それから数日経ち、正式にエイナとクズーズ殿下の入籍の日が決まった。

式を挙げるのは元々予定した日と変わらないけれど、式と同じ日にするはずだった入籍の日が早まり、十日後に決まった。

入籍が早まった話を聞いたクズーズ殿下とエイナは猛反対したらしいけれど、国王陛下と王妃陛下が押し切った形になり、二人も了承せざるを得なかったようだった。

入籍日が確定したこともあり、国王陛下と王妃陛下には、アレク殿下が考えていたプランを話すことになった。

話を聞いた二人は、最初は難色を示していたけれど、最終的には後押しすると約束してくれた。

その時の話し合いで、王妃陛下がアレク殿下にキツく当たっていたのは、エイナがアレク殿下に冷たくされていると嘘をついていて、それをアレク殿下に確認もせずに信じ込んでしまったからだと、王妃陛下はアレク殿下に謝った。

自分の息子よりも他人の娘の言うことを信じるだなんてどうかと思うけれど、昔の私たちはそれだけエイナに印象操作をされていたことがわかった。

私の人生は、知らない間にエイナに邪魔されてきた。

私の周りの人間だけでなく、王妃陛下にまで悪い印象を植え付けられていただなんて、知らなかった。

もう、そんな人生は終わらせるわ。それにエイナには痛い目を見てもらわなくちゃ。

入籍の日が決まってからもエイナの王妃教育は続いたけれど、王妃陛下が諦めてしまいそうなくらいにエイナの覚えは悪かったと聞いた。

けれど私たちの計画を知っていたからか、王妃陛下は彼女の機嫌を取ってくれて、王妃になれば
こんなことができると宥《なだ》めすかしてくれた。

クズーズ殿下は私との復縁を最後まで望んでいたけれど、私に接触ができないままだった。

エイナたちの入籍日が近づいたある日、お父様から頼まれた書類をアレク殿下に持っていくこと
になり、彼のもとへ伺うと、仕事の手を止め「休憩するから付き合ってほしい」と言われ、急遽お
茶をご一緒することになった。

アレク殿下の執務室にはもう何度か来ている。黒を基調とした部屋の中には、執務机に大きな本
棚が五つあり、その中にはびっしりと本が埋まっている。

部屋の奥には応接セットがあり、そのソファの上には今までにはなかったピンクの小花柄の四角
いクッションが置かれていて、黒ばかりの部屋だからか余計に目立っていた。

「可愛いクッションですね」

座るように促されたので、そのクッションの横に座ると、アレク殿下は私の隣に腰を下ろした。

「君が来た時にリラックスしてもらえるようにと用意してもらった」

「わ、私のために用意してくださったんですか?」

「ああ、気に入らないか? 黒ばかりの部屋よりかは良いかと思ったんだが」

「いえ、可愛いですわ。お気遣いいただき、ありがとうございます」

心が温かくなって微笑むと、アレク殿下がハーフアップにしていた私の髪の毛を挟まないように、

背中の後ろにクッションを動かしてくれてから、もっと私に近づいてきて聞いてくる。

「兄上たちの入籍日は決まったが俺たちはどうする？　エイナ嬢よりも早くしたいなら、それも可能だが」

「いえいえ！　そんな大切なことは競争するものではありませんから！　それに、早くするにしても、もう日にちがありませんわ」

「俺としては、少しでも早く君が俺の妻になってくれたほうが色々と安心できるんだが？」

「どうしてですの？　私はアレク殿下を裏切ったりなんかしませんわ。ですからそんなに焦らなくても……」

「そういう意味ではなくて」

「では、どういう意味ですの？」

アレク殿下の顔を見ながら聞き返すと、彼はいつも以上に真剣な目で私を見つめた。心臓の鼓動が早くなって息が苦しくなる。

「アレク殿下……？」

「こういう意味なんだが」

そっと大きな手が私の左頬に触れて、アレク殿下の顔が近づいてくる。

も、もしかして、キス!?　キスなの!?

その時の私はパニックになっていたけれど、嫌という気持ちは全くなくて、ぎゅうっと目をつぶった。

——ドンドンドン！

しかし、突如として激しく扉を叩く音が執務室に響いた。私は慌ててアレク殿下から身を離し、私のために用意してくれたというクッションにもたれかかった。

「……誰だ」

不機嫌そうな顔と声でアレク殿下が呟きながら扉を睨むと、扉の向こうからクズーズ殿下とエイナの声が聞こえてきた。

「おい、アレク！　エリナが来ていると聞いた！　エリナと話をさせてくれ！」

「私もエリナと話がしたいんです！　開けてください！」

アレク殿下はこめかみに手を当ててから大きく息を吐いた。

「無視したいが、無理だろうな」

「私がここにいることはわかっているみたいですから、無視しても出てくるまで待っていそうですわね」

アレク殿下は苦笑して頷いた私の頬に優しくキスをすると、立ち上がった。

ほ、頬にだけど、キスをされてしまったわ！

他国にはあるようだけれど、この国では頬にキスをする挨拶はない。

お父様以外の男性に頬にキスをされた覚えなんてないわ。お父様にだって小さい頃の話だし！

そんなことを考えている間にアレク殿下が扉を開けると、エイナとクズーズ殿下の叫び声がさらに大きくなって聞こえてきた。

「エリナに会わせてください！」

「そうだ、エリナに会わせてくれ！　僕は本当に後悔して改心したんだ！　今ならきっとやり直せる！」

「やり直すも何も兄上とエリナは始まってすらいないでしょう？　元々は政略結婚だったし、あなたはエイナ嬢と逢瀬《おうせ》を繰り返していた」

アレク殿下は二人に私の姿を見せないようにしてくれているみたいで、扉は大きく開けずに話を続ける。

「兄上とエイナ嬢は、その時は心が通じ合っていたんでしょう？　なら、その時と同じように、また心を通わせ合えば良いだけです。これ以上、エリナにかまうのは止めてください」

「だから、目を覚ましたと言っただろう⁉　エイナよりもエリナのほうが美しい！」

クズーズ殿下の言葉の後に、すぐにエイナが叫ぶ。

「ちょっと待ってください！　私よりもエリナが美しいだなんてどういうことですか⁉」

「そのままの意味だ！　最近の君は性格の悪さが表面に出てきているぞ！」

「酷いです！　今までクズーズ殿下はエリナのことを悪く言っていたくせに！」

「それはエイナが僕に嘘をつくからだ！　それがなければ、僕は今頃エリナと結婚する準備を進めていたんだ！」

「そんな嘘に騙されるほうが悪いんです！　それに私よりもエリナが綺麗だなんて、クズーズ殿下は目が悪くなってしまったんじゃないですか⁉」

「なんだと⁉」

喧嘩を始めた二人があまりにも騒いでいるからか騎士たちが近寄ってきたようで、アレク殿下がため息をつきながら指示を出し始めた。

「悪いが、兄上と彼女を部屋まで送り届けてくれ」

「承知いたしました」

「ちょっと！　腕を掴まないでよ！」

「放せ！　僕を誰だと思ってるんだ！」

エイナとクズーズ殿下が抵抗する声が聞こえたけれど、もう城内ではアレク殿下のほうが権力が強いみたいで、騎士たちはクズーズ殿下たちを無理やり連れていってくれた。

「ありがとうございました」

「いや。騒がしくして悪かったな」

アレク殿下が扉を閉めて戻ってきたので礼を言うと、彼はまた私の隣に座った。

「君が嫌でなければやり直してもいいか？」

動揺して乱れてしまった私の髪に触れて、アレク殿下が尋ねてくる。

「だ、駄目です。そういうことは結婚してからでないと！」

「キスも駄目なのか？」

「駄目です！」

普通の貴族ならキスくらいは良いのかもしれないわ。

だけど、私には早すぎるわ。キスなんて無理無理無理！

「さっきは目をつぶっていただろ。しても良かったということじゃないのか？」

「あ、あれはパニックになってしまって！」

「じゃあ、もう一度パニックになるか？」

アレク殿下はそう言って、逃げ腰になっている私の両頬を両手で包んだ。

どうして、アレク殿下はこんなことをしようとするのかしら？

私との結婚は義務じゃないの？　それにどうして、こんなに胸の鼓動が早いの？

「聞いてくれエリナ、俺は君のことが」

その瞬間、コンコンと扉がノックされる音が聞こえ、アレク殿下は再び大きなため息をついた。

「何なんだ」

「アレク殿下、休憩時間は終わりです！」

声の主はフィカル様で、彼の声が聞こえた瞬間、私は慌てて立ち上がった。そして彼の顔を見ないように深く頭を下げた。

「わ、私は今日はここで失礼させていただきます！」

「ちょっと待ってくれ」

アレク殿下も立ち上がってから続ける。

「さっきの件でやはり思った。だから俺と――」

その後、アレク殿下が口にした言葉を聞いて、私の思考はパニックになりそうになった。

＊＊＊

限りなく澄んだ晴天の日、エイナとクズーズ殿下の意思を無視して二人の婚姻は結ばれた。政略結婚なんてそんなものだということで、周りの貴族からも反対意見は出なかった。

エイナは私たちの前では本性を出すようになったけれど、国民の前では猫をかぶったままだし、クズーズ殿下も王太子としての自覚はあるようで、国民の前に立って笑顔で結婚を発表した。

その際、エイナはたくさんの人から祝福を受けて良い気分になったのか、クズーズ殿下と幸せになると宣言した。

そして、その頃の私は、城内で執政官として働いていた。

第二王子の婚約者であり、王太子妃殿下の姉でもあり、私自身が公爵令嬢という立場もあって、仕事を始めたばかりだというのに、かなりの権限が与えられていた。

同じようにアレク殿下は王子としての仕事がとても忙しくなり、中々、顔を合わせることはできなかったけれど、城ですれ違うことがあれば、よっぽど忙しい時じゃない限り話をするようにしていた。

もちろん、それどころじゃない時もある。

でもその時が一番心臓に悪くて、挨拶をした後のすれ違いざま、アレク殿下は誰かと話しながらでも、私の手を一瞬だけ握って何もなかったように歩き去るのだ。その度に胸が高鳴って平静でいられなくなってしまう。

告白されてから、アレク殿下は今まで以上に積極的になって心臓が持ちそうにない。

この気持ちが何なのか、最初はわかっていなかったのだけれど、数少ない友人に言われて知った。

これが、恋なのだと。

自覚してからはぐんぐん好きだという気持ちは加速し、それに気がついたアレク殿下のスキンシップはもっと増えた。

というか、私がアレク殿下を好きになるのはわかるのよ。でも、アレク殿下が私を選んだ理由が全くわからないわ！

アレク殿下って女性の趣味が悪いのかしら？　それとも、私とエイナのどちらかしか選べないから？　うん、絶対にそうだわ。

仕事中だというのに、そんなことを考えていたからか、その日は凡ミスばかりやってしまい、事務官たちに不思議がられてしまった。

そんなある日、クズーズ殿下とエイナの結婚を祝う会を城で行うことになり、その手配を姉である私がすることになった。

結婚式後に盛大なパーティーを開くことが予定されていたので、今回は高位貴族のみを集めたパーティーと決めた。これについては国王陛下や王妃陛下にも許可を得た。

おめでたい席だから予算を切り詰めすぎてもいけないし、かといって多くかける必要もない。

何より財務のほうから割り当ててもらった予算内で収めないといけないため、プランを立て値段交渉をしたりするなどしている内に、あっという間に日は過ぎて、パーティー当日になった。

かなりめかし込んだこともあり、今日は今までで一番綺麗だと侍女たちからは褒めてもらったし、パートナーのアレク殿下がどんなに素敵でも大丈夫！　……と思っていたのに、彼を見た瞬間、そんな自信はどこかへ吹っ飛んだ。

「今日は一段と綺麗だな」

ハーフアップにしている私の後ろ髪を一房手にとって口づけた後、アレク殿下は言った。

「アレク殿下は今日はイメージが違いますわね」

黒の燕尾《えんび》服なのはいつもと同じなのだけど、前髪をあげているからいつもと違ってドキドキしてしまう。

「ああ。久しぶりに君と話ができるから、気合いを入れてきた」

パーティー会場の前で待ち合わせた私たちは、そんな会話を交わしてから寄り添って会場の中に入った。

アレク殿下は予想通り、若い女性の目を引いてはいたけれど、今回は招待されている人も少ない上に既婚者ばかりなので、私を褒めてくれる女性が多くて驚いた。

パーティーの途中でアレク殿下が陛下に呼ばれたので会場の隅で大人しくしていると、年配のご婦人方が声を掛けてくれた。

「まあ、エリナ様。以前お会いしたい時よりも一段とお綺麗になられましたわね」

「アレク殿下と婚約されてからは見違えるようにお綺麗になられましたわ。やはり恋をすると違うものですわね」

「こ、恋とかではなく！」

「あら、そうかしら」

「ふふ。照れていらっしゃるのね」

ご婦人方にさんざん遊ばれていると、強い視線を感じて、そちらに目を向ける。

視線の先には、ピンク色のプリンセスラインのドレスに身を包み、ダイヤが散りばめられたティアラをつけたエイナがいた。

「あら、エイナ」

私が名前を呼んだからか、ご婦人方は顔を見合わせあった後「アレク殿下を呼んでくるわ」と言って去っていってしまった。

エイナにはその言葉が聞こえなかったようで、私の前に立つとその場の雰囲気に合わないほどの大きな声量でまくし立て始めた。

「王太子妃になったのは良いけど、ほとんど部屋から出ることはないし、王妃教育も終わって何もすることがないんだけど!?　私を部屋に監禁しているのはエリナの仕業《しわざ》なの!?」

「どうして私の仕業《しわざ》になるの？　あなたは王太子妃なんだから特に何もしなくていいのよ」

「え……？　そうなの？」

先ほどまでの勢いはどこへやら、エイナは顔をきょとんとさせて首を傾げる。

「あなたがやらないといけない仕事は私がやるから気にしないで。気にしなくて大丈夫よ、国王陛下から許可をいただいてるわ」

「は？　何を言ってるの？」

エイナが睨みつけてくるので、彼女に近づき、周りに聞こえないように小さな声で答える。

「そのままの意味よ。あなたがやらないといけない外交的な仕事は私がやるの。あなたやクズーズ殿下は国民の前で笑っているだけでいいのよ」

「何ですって⁉」

「「エリナ‼」」

エイナが聞き返してきたちょうどその時、アレク殿下とクズーズ殿下の声が聞こえた。二人の存在を認めた周りの貴族は慌てて彼らに道を開ける。

クズーズ殿下よりも少し早く、アレク殿下が私のもとへやってくると、耳元に口を近づけて聞いてくる。

「ここで終わらせるつもりか？」

「そのつもりです」

私が頷くと、顔を上げたアレク殿下が口元に笑みを浮かべて頷いた。

私たちがそんなやり取りをしている間に、エイナがクズーズ殿下に私がした話を伝えたようで、クズーズ殿下が私に問いかけてきた。

「エリナ、僕たちにやることがないというのは、どういうことだ？」

「王太子としての自覚を持って日々の生活を送っていただければいいんですよ」

アレク殿下が私の代わりに答えると、クズーズ殿下は眉根を寄せて叫ぶ。

「おかしいと思っていたんだ！　どうして今まで僕がやっていた仕事が何一つ回ってこないのかと！　アレク！　お前、何をしようとしている!?」

「兄上がする必要がなくなったからです」

「……なんだって？」

クズーズ殿下に睨まれたアレク殿下は、大きく息を吐いてから答える。

「そのままの意味ですよ。兄上に対する評判が城内でも貴族の間でも下がっていることは、自分でもご存知でしょう。辺境の地での失態は多くの貴族だけでなく他国にも知れ渡っていますからね」

「そ、それとこれとは関係ないだろう!?」

「ありますよ。あなたが国を率いる器じゃないと判断されたんです。高位貴族だけでなく、国外の人間にも」

「だからどうしてそんなことになるんだと聞いているんだ！」

「自分でそれを示されたじゃないですか」

「何だって？」

そこまで言って、クズーズ殿下は言葉を止めて目を見開いた。

「まさか、これが狙いだったのか!?」

「やっとお気づきになられましたか？」

アレク殿下が頷いて微笑むと、エイナが割り込んできた。

「何なの!?　どういうことなの!?」

「僕とエイナがいずれ国王と王妃になっても、僕たちには何も権限を与えないつもりだな!?　どうしてそんな残酷なことをするんだ！」

アレク殿下はクズーズ殿下を冷めた目で見た後、これ見よがしに大きく息を吐いてから、胸の前で腕を組んで答える。

「この国は長男が王位を継ぐのが当たり前の国なんです。それなのに次男のこの俺が王位を継ぐとなったら、国民は不思議に思うでしょうし、何かあったのではないかと不信感が生じます。だから兄上には王位を継いでほしかった。ただ、それだけです」

「王位を継ぐことになるなら、僕は父上と同じように尊厳を受けるべきだろう!?　それなのに僕に何もさせないつもりか!?」

「何かしているふりをしてくれればいいんです。兄上には何もしていただかなくてかまいません。あ、何もということではないですね。国民たちの前で笑顔でいたり、手を振ったりしてくれないといけませんから。兄上とエイナ嬢は外見は良い。笑顔を振りまくだけならば、俺とエリナよりも適任です」

アレク殿下の言い方は悪いけれど、国民はクリーンなイメージを求めていることが多いし、私たちよりクズーズ殿下たちのほうが国民に愛されるのではないかと配慮した結果だった。

「ちょっと待ってください！　夜会はどうするんです!?　パーティーは!?」

「何らかの祝い事があったらパーティーを主催することは可能だが、予算や内容はすべてこちらが決める」

「そんな！　アレク殿下に駄目だと言われたら好きなようにできないじゃないですか！」

「無駄遣いをする必要はないからな」

「ただでさえ、何もすることがないのにパーティーもできないだなんて！」

エイナが悲鳴に近い声を上げる。

「君は国民のことを思って過ごせばいい」

「そんな！」

「エイナ、それは当たり前のことよ。あなたとクズーズ殿下は国民のことを第一に考えて生きていかないと。もちろん私たちだってそうよ。貴族は領民のことを考えるんだから」

「四六時中、顔も知らない人間のことを考えていろと言うの⁉」

「四六時中とは言わないわ！　だけど、退屈だと思う時間があるなら、国民のために自分が何ができるかを考えたらいいじゃないの！」

私の言葉にエイナは目を細めてこちらを睨みつけた。

「何か考えたって意味がないじゃない。どうせ私の言うことなんて聞いてくれないくせに！」

「エイナ、あなたいい加減にしなさいよ！　何でもかんでもあなたの言うことを制限するとは言っていないわ。あなたが国民のために考え、それが良いと判断されたものなら、あなたが考えた案として国民に知らせるわよ！」

「そんなのどうだっていいわ！　私は特別な人間なのよ！」

「特別な人間だと言うのなら、他の人のために何かしようという考えを持っても良いんじゃないの⁉」

「嫌よ！　国民は私のために何もしてくれないのよ⁉」

「エイナ、あなた、自分が何を言っているのかわかってるの？」

「わかってるわよ！　あなたが私の代わりに地味な仕事をするのはかまわないわ！　だけど、国民に敬ってもらうのは私よ！」

エイナはここにいるのが私たちだけじゃないことを、あの時のように忘れているみたいだった。

「エイナ……」

クズーズ殿下が苦虫を噛み潰したような顔で彼女の名を呼んだ時に、エイナはやっとここがパーティー会場だということを思い出したようだった。

「あ、あの、えっと、これは違うんです！　余興です、余興！」

騒がしかった会場内は静まり返っていて、貴族たちの視線は私たちに集中していた。焦った表情で周りを見回しながらエイナは続ける。

「本気で私がそんなことを言うわけないじゃないですか！」

「もう、そんな嘘には騙されませんよ」

エイナの声だけしか聞こえなかった会場内に、聞き覚えのある声が響いた。人をかきわけて姿を見せたのは、ロングス辺境伯夫妻だった。

「エリナ様、お久しぶりでございます。先日は大変ご迷惑をおかけいたしました」

「いいえ。こちらこそ、エイナがご迷惑をおかけして申し訳ございませんでした」

辺境伯夫人が私のもとへやってきて頭を下げるので、私も頭を下げると、お父様たちがやってきて辺境伯夫妻にエイナの件で詫びを入れた。

そんな様子を周りの貴族たちは静かに見ていたけれど、一人が口を開くとまた一人と話し始める。

「エイナ様はロングス辺境伯邸の使用人を手玉に取ろうとしていたらしいわ。それだけでなく、ロングス辺境伯を誘惑していたみたいよ」

「まあ、そんなことが！」

あちらこちらからヒソヒソと話す声が聞こえてきて、エイナの表情がどんどん青ざめていく。

「わ、私は……」

「エリナ様も悪魔だなんて言われていたけれど、実際はそんなことはなかったわよね？」

「そうね。エリナ様のほうが落ち着いていらっしゃるし」

先ほどまで話をしてくれていたご婦人方がそう言った時だった。

「私がエリナに負けるわけがないわ！　落ち着いているように見えるのは冷めているからよ！　エリナは心の中では何を考えているかわからない腹黒なのよ！」

エイナは驚いて動きを止めたご婦人方に向かって、感情的になって続ける。

「間違えないでください！　私が天使でエリナは悪魔なの！　それは今までもこれからもずっとよ！」

エイナは言い終えると肩で荒く息をして私に体を向けた。

私はそれを冷めた目つきで見て、そしてエイナを睨みつけた。

「エイナ、私は今まで日陰で生きてきた。あなたが私の嘘の話をして他の人に悪い印象を植えつけたのは許せない。これ以上、あなたに私の人生は邪魔させないわ」

「何が言いたいの⁉」

エイナが震える声で聞き返してきたので答える。

「あなたが王妃になったとしても、今の王妃陛下のようになれるとは思わないで」

「どうしてよ！　エリナにどうこう言われたくないわ！」

「なら、私が言うわ」

エイナの背後から女性の声が聞こえた。それに対してエイナが叫ぶ。

「うるさい！　私は王太子妃なのよ！　あんたなんか私の命令で殺すことだってできるんだから！」

叫んでから振り返ったエイナは、相手が誰だかわかった瞬間、恐怖の表情を浮かべて手をだらりと落とした。

「「妹が」」

「「娘が」」

「「「申し訳ございません！」」」

エイナ以外のモドゥルス公爵家全員が、その場に膝をついて頭を下げた。

「顔を上げなさい。もうエイナも子供じゃないんだから自分で判断して言ったのでしょう。何より王家に嫁いでいるのだしね。あなたたち家族がそこまでしなくてもいいわ」

王妃陛下は私たちにそう言うと、今度はエイナを見て続ける。

「私を殺すと言ったわね？」

「あ、あ、いえ、その……」

「何を理由に？　あなたに意見したから？」

「申し訳ございませんでした！」

エイナは大粒の涙を流しながら跪《ひざまず》く。

「王妃を脅迫か。恐ろしい王太子妃だな」

国王陛下が王妃陛下の後ろから現れ、エイナの前に立って続けた。

「ごめんなさいで済む問題じゃないな」

「父上、母上！　申し訳ございませんでした！　僕の管理不足です」

クズーズ殿下がエイナと両陛下の間に立って頭を下げた。正直、クズーズ殿下がエイナを庇《かば》うだなんて思ってもいなかったから驚いた。

「そうだな。お前たちは夫婦になったんだし、しかも今日はお前たちを祝うパーティーだ」

国王陛下は大きく息を吐いて、周りを見回してから叫ぶ。

「今日、ここで見たエイナの失態は他言無用とする。これは王命だ。この場にいなかった人間に、この話をすれば重い罰を科す」

国王陛下の言葉に、王妃陛下以外がその場に跪《ひざまず》いて了承の意を示すと、国王陛下は話を続ける。

「エイナを見てわかったと思うが、彼女が王太子妃の役目を果たすのは難しい。そのため、彼女一人での公務は一切なくし、代理が可能な席にはエリナが出席する。私が退位した際も同じだ。王太子夫妻、国王夫妻でなければならないもの以外は、アレクとエリナが出席する」

国王陛下の発言を聞いた貴族たちは、発言はしないけれど、困惑の表情を浮かべた。

「私が退位した際には、アレクとエリナは公爵夫妻となる。国王夫妻の代理業務をするとなると権力が偏ってしまうから、他の公爵家からは不満が出るだろう。その際には各公爵家一人ずつにはなるが、アレクに申し出れば、宰相以下の役職を与える。モドゥルス家はすでにエリナがいるから無理だがな」

国王陛下の言葉にピート兄様が首を縦に振るのが視界に入った。

国王陛下はそこまで言うと、祝いの席だから詳しい話は別日にする、と打ち切られた。そして私も含め貴族たちが納得した時だった。

「待って、待ってください」

エイナの声が静かな会場に響き渡る。

「私はお飾りの王妃になるということですか⁉　王妃の役目はエリナがやるということなんですか⁉」

「エイナ！　やめなさい！」

お父様が叫んだけれど、エイナは言葉を止めない。

「私が日陰でエリナが日の当たる場所に出るだなんて、そんなこと許されないっ！」

「今までエリナがやってきたことをお前がするだけだ。何の問題がある」

「陛下！　私はっ、私を見てください！　エリナなんかよりも美しいです！」

エイナが必死の形相で陛下に向かって歩いていく。それに気がついたクズーズ殿下が彼女を止める。けれどエイナはそれに抗った。

「やめるんだ、エイナ！」

「放してください！　どうして私が日の当たらない場所にいなければならないの！　お飾りだなんて嫌よ！　チヤホヤされるのはエリナじゃない！　私なのよ！」

「いい加減にしろ！　皆が見てるんだぞ！」

「何を偉そうに！　大体、あなたがしっかりしていないから、こんな目に遭ったんです！　あなたがエリナと結婚していれば良かったのよ！」

うわあああ、と大声を上げて泣き始めたエイナを見て、思わずお父様たちのほうに目をやる。

両親が両陛下のもとに謝りに向かったので、ピート兄様がエイナのもとへ向かった。

ピート兄様がエイナを引き受けると、クズーズ殿下はなぜか私に向かって歩いてくる。

「エリナ」

「クズーズ殿下」

「君に伝えたいことがある」

「伝えたいこと、ですか？」

聞き返したと同時に、後ろからやってきたアレク殿下が、私の両肩に手を置いた。

「兄上、あなたの妻が泣いておられますよ。放っておいて良いんですか？」

「わかっている！　ただ、エリナに伝えたいんだ」

聞くべきなのかどうか迷っていると、クズーズ殿下が話し始める。

「僕は君の本当の姿を見抜けなかったことを後悔している。これから僕は君に認められるように頑張るつもりだ。だからいつか、僕のことを好きになってくれたら、エイナとは離縁するから僕と――」

私の肩に手を置いているアレク殿下の力が強まった。それと同時に私は口を開き、クズーズ殿下の言葉を遮った。

「申し訳ございません。お気持ちはありがたいのですが、たとえあなたがどれだけ私を愛してくださろうとも、私があなたのお気持ちに応えられる日が来ることはありません」

言い終えるとアレク殿下の手の力が弱まったので、クズーズ殿下に向かって深々と頭を下げた。

頭を上げて彼を見つめると、クズーズ殿下は顔を悲しそうに歪めて肩を落とし、私に背を向けた。

＊＊＊

パーティーから数日後、公爵家の当主が城に集められ、今後のエイナの処遇について話し合うことになった。国王陛下があの場でおっしゃった形で外交面などは進めることになり、エイナはあの後、知らなかったとはいえ王妃陛下に殺すだなんて発言をしてしまったので、罰として、国の行事以外は軟禁状態にされた。

エイナは癇癪《かんしゃく》を起こし、世話をしてくれていた侍女に怪我をさせてまで部屋を出ようとした。それを聞いた国王陛下は、世間的にはエイナは病に臥《ふ》せっていることにして、反省の色が見えるまでは部屋から出さないようにと命令した。

だから、結婚式も結婚パレードも延期になった。エイナはそのことを知らないから、いつになったら出られるのかとイライラしているのだそう。

クズーズ殿下は意気消沈した状態ではあるけれど、心を入れ替えようとはしてくれているようだった。

私のほうは相変わらず仕事で忙しい日々が続いていたけれど、働き詰めだったからか無理やり休みを取らされ、今日はアレク殿下と一緒に過ごすことになった。

「甘すぎますわ！」

「何がだ？」

「アレク殿下は私に甘すぎます！」

「そうか？」

「そうです！」

昼下がりの城の中庭にある白いガゼボで、メイドが淹《い》れてくれたお茶を飲みながら会話をしていると、突然、横に座っていたアレク殿下が私を自分の太腿の上にのせるものだから叫んでしまった。

アレク殿下は私の抗議など、どこ吹く風といった顔をしている。

「もしかして、他の女性にもこんなことを？」

「そんなわけないだろう。若い女性に人気の恋愛小説を五十冊ほど読んで勉強した」

「ご、五十冊!?　短期間でその数を読まれたのはすごいと思いますが、アレク殿下、それは間違った勉強方法だと思いますわ」

「そうなのか？」

「ええ。物語だからときめくものであって、実際にこのようなことをされると迷惑がられると思います」

「その割には耳まで赤いが？」

今日は髪の毛をおろしていたので、顔がよく見えるようにするためか、アレク殿下は私の右の横髪をすくって、耳の後ろにかけた。

「恥ずかしいから赤くなっているだけですわ。もう満足されましたか？」

「駄目だ。久しぶりに二人きりになれたんだから、少しは甘えさせてくれないか、愛《いと》しい婚約者殿」

そう言うと、アレク殿下が私の顔に自分の顔を近づけてきた。

アレク殿下の髪が頬に当たってくすぐったい。

背中からお腹に回された手に触れて、私は小さく息を吐いた。

「少しだけですわよ？　誰かに見られては大変ですから」

「見られてもいいだろ」

「駄目です」

「じゃあ、場所を変えるか？」

アレク殿下はそう言って、私の頬に口づける。

「な、なぜ!?」

「今まで甘えて生きてこなかったから、君には存分に甘えることにしたんだ」

「私だけじゃなくてもいいのですよ⁉」

「君は俺に浮気しろと？」

「そういうわけでは……」

「しろと言われても無理だ。俺は君にしか甘えないことに決めているから」

にこりと微笑んでくるものだから、顔が良すぎて私の心臓がもたない。

「アレク殿下っ」

「どうした？」

「……吐きそうです」

「は？」

「心臓が痛くて、息が苦しいんです！」

「な、何だって⁉」

アレク殿下は私が落ちないようにしっかりお腹に腕を回してから、少し離れた所にいるココに向かって叫んだ。

「ココ！　医者を呼んでくれ！」

「どうかなさいましたか⁉」

「エリナが胸が苦しいと言っている！　持病でもあったのか⁉」

するとココは一瞬黙ったのち、にこりと微笑んだ。

「……申し訳ございませんがアレク殿下、エリナ様には持病はございません。ただ、恥ずかしがっておられるだけだと思います」

ココの言葉を聞いたアレク殿下は、私を抱きしめる腕の力を強くした後、耳元で囁《ささや》いてきた。

「困った婚約者だな。そういえば、いつになったら良い返事を聞かせてくれるんだ？」

「にっ、二年後です！」

「二年後⁉」

アレク殿下が珍しく焦った声を上げる。

なぜか口から出てしまった二年後。本当は二ヶ月と言おうと思っていたのに！

「君は俺をどれだけ焦《じ》らすつもりなんだ」

「もう少しだけお待ちください！」

恨めしそうな声で言うアレク殿下の頬に口づけると、彼は驚いた顔をした。でも、すぐにキスをしてこようとしたので慌てて彼の口を押さえた。

「駄目です！」

「どうして駄目なんだ」

「ま、まずは手を繋いでからとか、その、段階を踏んでからのほうが良いと思いますわ！」

「じゃあ手を繋ぐか」

アレク殿下が私の手を何の躊躇《ためら》いもなく握るので、恥ずかしくなって勢いよく立ち上がってしまった。

「やっぱりお医者様に診てもらうことにしますわ！　ココ！　帰りましょう！」

「エリナ様!?」

「待て。それなら送っていく」

握ったままだった私の手を、さっきよりも強く握って、アレク殿下が微笑みを向けてくる。

なんだかんだと送ってもらうことになったのだけど、アレク殿下に唇を奪われるのは、少し先の、帰りの馬車での話。

この作品に対する皆様のご意見・ご感想をお待ちしております。
おハガキ・お手紙は以下の宛先にお送りください。

【宛先】
〒150-6019 東京都渋谷区恵比寿 4-20-3 恵比寿ｶﾞｰﾃﾞﾝﾌﾟﾚｲｽﾀﾜｰ 19F
（株）アルファポリス　書籍感想係

メールフォームでのご意見・ご感想は右のＱＲコードから、
あるいは以下のワードで検索をかけてください。

アルファポリス　書籍の感想　検索

ご感想はこちらから

本書は、「アルファポリス」（https://www.alphapolis.co.jp/）に掲載されていたものを、
改稿のうえ書籍化したものです。

妹《いもうと》に邪《じゃ》魔《ま》される人生《じんせい》は終《お》わりにします

風見ゆうみ（かざみ ゆうみ）

2024年 2月 5日初版発行

編集－山田伊亮・大木 瞳
編集長－倉持真理
発行者－梶本雄介
発行所－株式会社アルファポリス
〒150-6019 東京都渋谷区恵比寿4-20-3 恵比寿ｶﾞｰﾃﾞﾝﾌﾟﾚｲｽﾀﾜｰ19F
TEL 03-6277-1601（営業） 03-6277-1602（編集）
URL https://www.alphapolis.co.jp/
発売元－株式会社星雲社（共同出版社・流通責任出版社）
〒112-0005 東京都文京区水道1-3-30
TEL 03-3868-3275
装丁・本文イラスト－内河
装丁デザイン－AFTERGLOW
（レーベルフォーマットデザイン－ansyyqdesign）
印刷－中央精版印刷株式会社

価格はカバーに表示されてあります。
落丁乱丁の場合はアルファポリスまでご連絡ください。
送料は小社負担でお取り替えします。

ISBN978-4-434-33360-6 C0093